1
神狩
〈上〉絶戦穢土異聞
JN132230
安井健太郎
イラスト kakao

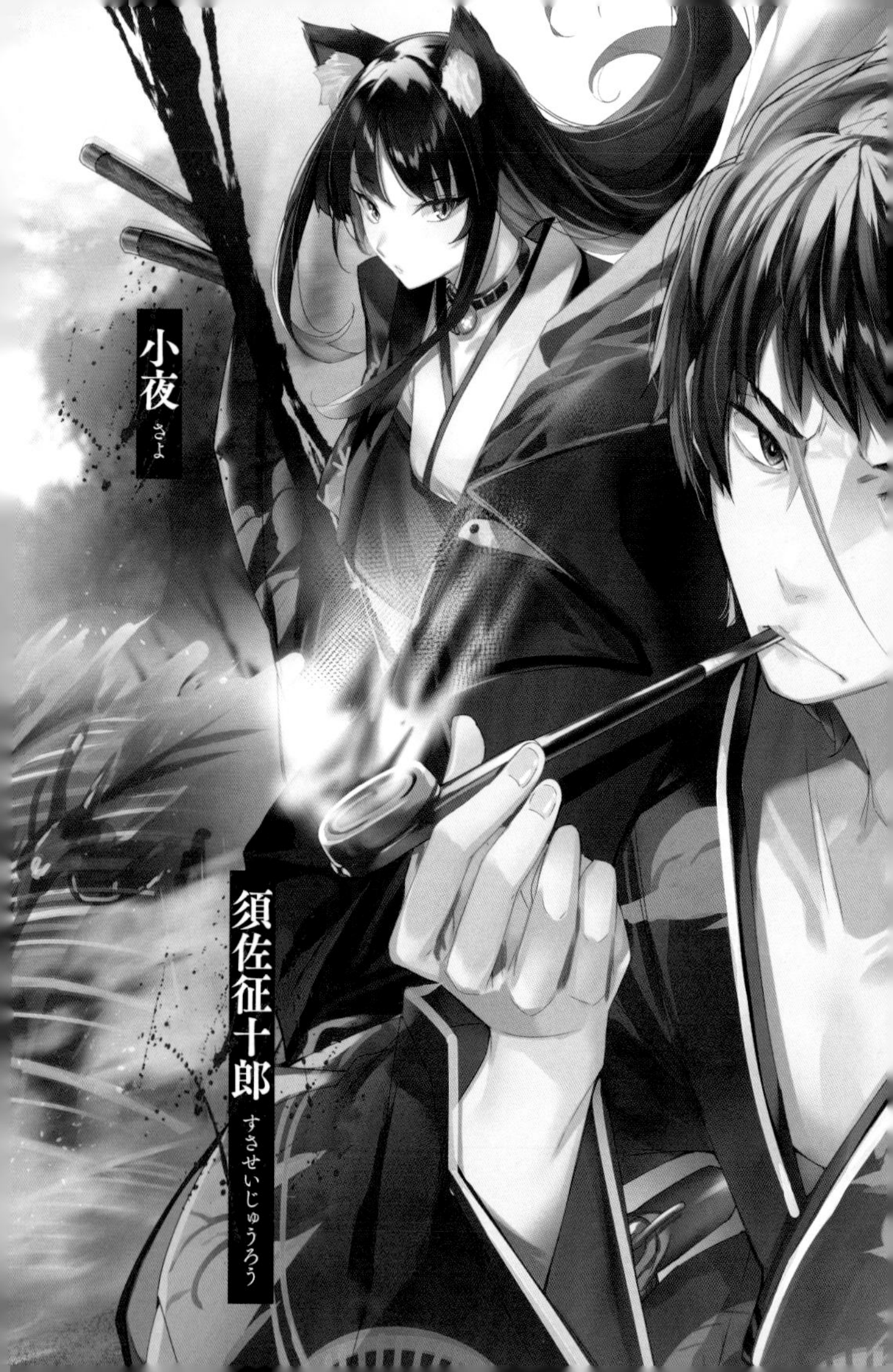

小夜
さよ

須佐征十郎
すさせいじゅうろう

フィーア
近づいていくと、
その祟りの残滓《ざんし》の中に横たわるものがはっきりと確認できた。
熊と思《おぼ》しき、肉塊だ。
神に受肉されたことでそれそのものの性質を維持できず、
必要のない四肢が萎縮して胎児のように
丸まっているために肉塊としか見えない。
征十郎は、その熊を押しのけた。
現れたのは、人間——人間の形、をしたものだ。

〝神断ち〟は、痛むだろう
フランシスは呻《うめ》き声《ごえ》すら上げることができなかった。
数十年ぶりに、感じていたのだ。
死を。
竜の瞳は、頭上からやってくる死の形をした男を、凝視する。
神を喰らって生きてきた男の心に去来したのは、
死への恐怖か生への執着か。

神狩 1〈上〉

絶戦穢土異聞

安井健太郎

OVERLAP

目次

イラスト／kakao

序

祟りは、泥濘《でいねい》の如《ごと》くどろりとしていた。

黒く、闇より暗い。

それが軟体動物のように蠢《うごめ》きながら、音もなく地表を這《は》い回っていた。

鳥は羽を休めていた木々から慌てて飛び立ち、大小問わず獣の逃げ出す足音が遠ざかっていく。粘度の高い霧にも似たその現象がなんであるかは理解できなくとも、生命の危機をもたらすものだと本能的に理解しているのだ。

鳥は空へ、獣は地平へ。

だが、大地に根を張る草木には逃れる術《すべ》がなかった。ゆったりと迫る祟《たた》りを、ただ待ち受けるしかない。

触れれば、どうなるか。

名もなき雑草は、見る見るうちに枯れ果てた。愛らしい花も色彩を失って萎《しお》れていく。

大木へは根から這い上がり、斧《おの》の一撃をも弾《はじ》き返す堅い皮へと侵食した。樹皮は瞬く間にその性質を奪われ、砕片となって剝がれ落ちていく。やがて太い幹は自重を支えきれなくなって倒壊し、祟りの中へと沈んでいった。

逃げ遅れたのか、大木と一緒に祟りの澱《よど》みへ落下した栗鼠《りす》は、もがき苦しむ暇もなく小さな口から白煙を噴いた。体内の水分が急激に気化し、排出されているのだ。まるで高熱で炙《あぶ》られたかのようだが、皮膚が焼け爛《ただ》れることはない。干涸《ひか》らび、絶命して、祟りの中へ呑《の》み込まれていく。

驚くほどに、静かな死だ。

静寂の中で、生命が死に絶えていく。

祟りは、輪廻《りんね》を喰《く》らっていた。

生命の根幹をなす理《ことわり》であり、世界の理でもある輪廻を喰われた生命体は、完全な死を迎えることになる。

輪廻を絶たれた魂は生命の環《わ》から外れ、ふたたび世界と繋《つな》がることができないからだ。

まさに、生命の果て――黒く絶対的な死が、満ち溢《あふ》れる。

だがそこに、猩猩《しょうじょう》緋《ひ》のあざやかな色が凛《りん》として佇《たたず》んでいた。

野袴《のばかま》を穿《は》いた旅装束の男の、小袖の色だ。

「思ったよりもでかいな」

編《あ》み笠《がさ》を軽く持ち上げ、感心したように男は呟《つぶや》く。彼自身も身の丈、六尺五寸《一・九五メートル》を数える大男だが、その視線の先にいるのはそれを凌駕《りょうが》する巨獣だ。

背丈は、男の二倍以上はあるだろう。

肩から背中にかけては黒く硬い毛が外套《マント》のようにその巨軀《きょく》を包み、腕や腹には爬虫類《はちゅうるい》の如き鱗《うろこ》がびっしりと生えていた。

太い腕は、屹立《きつりつ》した状態で拳が地面にまで届くほど長い。

そしてなにより、その巨軀を異形たらしめているのは、顔がないことだ。

肩の間にある盛り上がった部分が頭、ともいえなくはないが、そこには本来顔にあるべきものがなにも存在せず、灰色の鱗に覆われていた。

この異形の獣が、祟りの中心だ。その全身から汗のように滲《にじ》み出る祟りが足下に滴《したた》り落ち、そこから四方へと広がっていく。

祟りを生み出すこの獣は、〝禍津神《まがつかみ》〟、と呼ばれていた。

「でかさと質が比例しないのが、悩ましいところだが」

男は手に持っていた煙管《きせる》を咥《くわ》え、深々と煙を吸い込んだ。

「なあに、自分のこと？　征十郎《せいじゅうろう》」

応えたのは、揶揄《やゆ》するような女の声だった。

「自覚はあるわけね、木偶《でく》の坊って」

「――辛辣と暴言の区別はつけような、小夜《さよ》」

男――征十郎は苦笑いを浮かべながら、紫煙を吐き出す。

返ってきたのは、軽やかな笑い声だ。

「だから、私は成功した。そうでしょ？」

黒い世界に現れたもうひとつの色は、竜胆《りんどう》だ。こんな山奥には相応《ふさわ》しくない振り袖姿の女が、征十郎の傍らにあった。彼の横に並び立つと随分と小柄に見えるが、五尺四寸ほどの上背がある。

耳を入れれば、もう少し高くなるだろう。

彼女――小夜の耳は側頭部にはなく、頭頂にあった。艶やかな黒髪から、獣のような三角形の耳が顔を出している。

「俺とおまえ、どっちにとっての成功だ？」

征十郎は、太い眉を片方だけ持ち上げる。

それを見上げて、小夜は、切れ長の双眸《そうぼう》を細めて笑んだ。

夕焼け色の瞳は、爬虫類――あるいは猫のように縦に細い。

「どっちだっていいわよ」

彼女は小さく、肩を竦《すく》めた。「私は、満足してるの。それじゃあ駄目？」

「ふむ」

征十郎は、鼻を鳴らしながら腰帯に差していた短銃を引き抜く。「まあ、いまさらか」

「でしょ」

小夜は、征十郎の腕を軽く叩《たた》いた。その指先の爪は鳳仙花《ほうせんか》であざやかな紅《くれない》に染められているが、人間のような平たい形ではなく、猛禽類《もうきんるい》のように長く鋭い。

「それにほら、神さまが首を長くしてお待ちよ」

そう言って弧を描く彼女の唇からは、肉食獣の如き牙がのぞく。

「首なんかどこにあるんだよ」

にやりとしながら、征十郎は短銃を持ち上げた。

六雷神機《ろくらいしんき》・弐式――昨今は自動拳銃《オートマチック》が主流だが、征十郎が手にしているそれは回転式《マッチロック》・火縄銃《リボルバー》だ。

煙管の火種で、火縄に着火する。

本来なら一発ごとに鉛の弾を銃身《バレル》に詰めなければならない火縄式だが、六雷神機は銃身を六本にすることで連射を可能にした。弐式はその銃身をふたたびひとつにして、代わりに回転弾倉を設《しつら》えている。こうすることで、軽量化と連射性能を両立させていた。

狙いを禍津神に定め、征十郎は引き金を引く。

火薬の炸裂《さくれつ》が死の世界に轟《とどろ》き、黒を炎の赤が引き裂いた。

爆発の衝撃で銃口から飛び出した球形の弾丸は、空気抵抗を受けつつもほぼ狙い通りに、禍津神の両肩の間――頭部らしきものに命中する。弾丸は鱗に激突し、これを粉砕した。

そこで貫通力の大半を消費したが、皮を突き破って肉に食い込む。肉の破片が飛び散るが、赤い血が迸《ほとばし》ることはない。

黒い液体が、砕けた鱗とともに宙を舞う。

禍津神の体内を巡るのは血液ではなく、祟りそのものだ。傷つければ傷つけるほど、人間にとって――あらゆる生命にとって――致命的な毒が飛散する。

だが征十郎は、気にも留めない。立て続けに引き金を引き、弾倉に残る五発の弾丸を禍津神に叩きつけた。鱗と祟りが四散し、着弾の衝撃に禍津神が僅かによろめく。頭らしき部分は銃弾六発の激突で爆《は》ぜ割れ、内部を露呈《ろてい》していた。

内部、といっても脳があるわけではない。赤い肉と白い脂肪が破れた皮膚にへばりつき、筋肉らしき繊維が千切れてぶら下がっている。その奥からは祟りが噴出しているが、その隙間から垣間見《かいまみ》えるのは赤黒い臓物のようなもので、それは小刻みに脈動していた。

禍津神は祟りを迸らせながら、征十郎に向き直る。目に相当する器官はないが、睨《ね》めつけているようにも見えた。

「よう」

征十郎は、気軽に手を挙げる。装塡した弾丸をすべて撃ち尽くした六雷神機・弐式は、手拭いでくるんで腰帯に戻した。再装塡には時間がかかるうえに、禍津神の肉体に致命的な傷を負わせることはできない。

あくまで牽制《けんせい》、挨拶代わりだ。

その挨拶でようやく征十郎たちを認識したのか、ぎくしゃくとした動きで異形の神は近づいてくる。

「怒ってるのかしら」

小夜が、声をひそめる。

「まあな」

征十郎は、頷《うなず》いた。「あれで怒らないなら、禍津神どころか菩薩《ぼさつ》さまだ」

「菩薩さまでもさ」と、小夜が囁《ささや》く。「いきなり撃たれたら、さすがに怒るんじゃない?」

「どうだろうな」征十郎は、首を少し傾《かし》げた。「菩薩さまに会ったことがないから、わからんよ」

そして、ゆっくりと歩き出す。

本来なら、祟りによって近づくこともできずに息絶えるはずの有機生命体が近づいてくる——禍津神は、その光景を見てなにを思っただろうか。

その動きからは、憶測することすらできはしない。

禍津神の姿は千差万別で、目の前の一柱《ひとはしら》はたまたま人型に近い形状をしているだけだ。最初は二本足で動き始めたが、次第に上体が沈み始め、今は四《よ》つん這《ば》いになって躙《にじ》り寄ってくる。

普通の人間が見れば腰を抜かすような異形の巨軀へ、征十郎は飄々《ひょうひょう》とした足取りで距離を詰めた。

至近距離で、対峙《たいじ》する。

すでに、銃撃で受けた傷は再生が始まっていた。千切れた筋肉繊維が繋がり、弾け飛んだ肉が内側から増殖して盛り上がっていく。その傷口からは泡立った祟りが溢れ出し、その巨軀を濡《ぬ》らしていた。

禍津神に通常の武器が効果的でない理由は、この凄《すさ》まじい再生能力にある。

征十郎は煙管の煙をゆっくりと吐き出しながら、四つん這いになってもなお、自分より高い位置にある禍津神の修復された頭部を見上げた。

「悪いが、狩らせてもらうぞ。生業《なりわい》でな」言葉の内容とは裏腹に、口調は朗らかだ。

これに禍津神は当然、応じない。

ただ無言で、右の腕を叩きつけてきた。

広げた掌《てのひら》は、征十郎を押し潰すに十分な大きさだ。その巨軀からは想像もできないほどの速度で振り上げられた掌は、雷《いかずち》の如く征十郎の頭上に迫る。

雷鳴が、死の世界に轟いた。

禍津神の掌が激突し、その衝撃で大地が陥没する。地面と掌の間で圧縮された空気が四方八方へと押し出され、地表から剝ぎ取られた土塊《つちくれ》が飛散した。

祟《たた》りに侵食されて脆《もろ》くなっていた木々が、衝撃波を受けて木《こ》っ端微塵《ぱみじん》に粉砕される。低い位置を漂っていた祟りは激しく波打ち、飛沫《しぶき》となって宙を舞った。

「――動きも鈍い、か」

大地の鳴動が続く中、どこか落胆したような声は征十郎だ。編み笠に降りかかる土や祟りの破片を、うんざりしたように手で払い落とす。

禍津神の、背中の上だ。

巨大な掌に叩き潰される寸前、それをかいくぐって跳躍し、禍津神の背中に飛び乗っていた。

「期待できなそう？」

小夜の声に、征十郎は視線を上げた。

膝を抱えた姿勢の小夜が、逆さまになって宙に浮いている。

その顔に浮かぶのは、意地の悪い笑みだ。

「なんで嬉《うれ》しそうなんだよ」

征十郎は舌打ちし、小夜を鬱陶しげに手で払う。彼女はくつくつと笑いながらふわりとその手を躱《かわ》し、征十郎の背後へ回り込んだ。

「ほら、気をつけて」

その声は、急激に遠ざかる。

動いたのは小夜ではなく、征十郎だ。

禍津神の背中を蹴って真上に跳躍する征十郎を、烈風が掠《かす》めすぎていく。

続くのは、肉を打つ鈍く重々しい轟き——地面に叩きつけられていた巨大な掌が、背中の征十郎を羽虫の如《ごと》く叩き潰そうとしたのだ。

殴打の衝撃に禍津神の毛が総毛立ち、巨軀が前のめりに倒れ込む。

その打撃が自身に及ぼす痛手を、いっさい考慮していない。通常の生命体にあるはずの自己防衛や生存本能といったものが、禍津神には存在しないからだ。

むしろ禍津神の本質は、生命体というよりも現象と表すほうが正しいのかもしれない。

その一撃が生み出した衝撃波に体勢を崩されながらも、征十郎は、背負っていた刀の柄《つか》を空中で摑《つか》んだ。

鞘《さや》は黒い布で無造作に覆われていて、拵《こしらえ》は見えない。

その全長は、征十郎の背丈を超える凡《およ》そ七尺《約二・一メートル》——大太刀に分類される一振りだ。

しかしその長さ故、背負った状態から引き抜くことはできない。

征十郎は、刀を背中に固定していた紫色の下緒《さげお》を解《ほど》く。そして抜刀せず、そのまま鞘の先端——鐺《こじり》を、身体《からだ》ごと禍津神の背中に叩きつけた。

祟りが、噴出する。

禍津神の皮膚が破ける音に、臓物を押し潰す響きが続いた。鞘は半分ほどが、神の体内に埋《う》もれている。

征十郎《せいじゆうろう》は鞘を引き抜こうとはせずに、両手で柄を握った。

同時に禍津神《まがつかみ》が、身震いしながら上体を起こす。

振り落とされる直前に自ら飛び降りていた征十郎は、鞘を残したまま、その勢いで抜刀していた。

優雅な曲線の、仄《ほの》かに赤光《しやつこう》を放つ美しい刀身が現れる。

そして着地と同時に、黒い巨軀《きよく》へと一気に間合いを詰めた。

人間としては上背と目方のある征十郎だが、その動きはまさに電光石火――蠢《うごめ》く祟りを蹴散らして禍津神に肉薄し、振り上げた大太刀を叩きつける。

三貫《約十一キロ》はあろうかという重量を、まったく感じさせない速さだ。

赤い軌跡が、暗い世界を両断する。

後ろに跳んだ征十郎に向き直ろうとしていた禍津神の、肩甲骨に当たる位置へ刃は喰《く》らいついた。

長大な刀身は驚くべき切れ味で背中を斜めに切り裂き、股下まで抜ける。その切っ先は地面すれすれで停止すると、勢いを減じることなく撥《は》ね上がった。

征十郎は手首を返して、刃の向きを変える。

そして踏み込みながら、横薙《よこな》ぎの斬撃を叩きつけた。

禍津神の胴体に深々と喰い込んだ一撃は、巨体を横倒しに吹き飛ばす。砕けた地表に打ち据えられ、地響きと祟りを撒《ま》き散らしながら横転した。その背中の切断面からは、鋭い刃で真っ二つになった背骨らしきものが肉を押しのけて突き出ている。

それでもなお、異形の獣は息絶えなかった。

千切れかけている身体を捻《ねじ》り、肩と肘、両方の関節を逆方向に可動させて背後の征十郎に摑みかかる。

鞭《むち》のように撓《しな》る豪腕は轟《ごう》、と唸《うな》りを上げて肉薄した。

肉と筋肉、そして骨が分断される音が弾《はじ》ける。

一刀両断――征十郎が振り下ろした一閃《いっせん》は、禍津神の腕を斬り飛ばした。

黒く硬い体毛と鱗《うろこ》に覆われた巨大な腕が、回転しながら吹っ飛んでいく。

そして次の瞬間には、征十郎の身体が激しい打撃によって側面から地面に叩きつけられていた。

逆の腕が、ほぼ同時に背後から襲いかかっていたのだ。

足下に叩きつけられた身体は大きく跳ねたあと、黒い粉塵《ふんじん》を巻き上げながら転がっていく。

それに少し遅れて、肘に相当する部分から斬り飛ばされた禍津神の腕が、重々しい響きとともに落下した。

その腕が、動く。

痙攣《けいれん》し、鋭い爪の生えた指が激しく蠢《うごめ》いた。本体には知覚器官らしきものはなかったが、勿論《もちろん》、腕にもない。

だが、切断面から祟りと肉を飛び散らせながら、五指を使って正確に征十郎へと這《は》い寄ってきた。

征十郎は、すでに立ち上がっている。

美しい小袖は泥と祟りに塗《まみ》れ、編《あ》み笠《がさ》はどこかへ吹き飛ばされて手入れのされていないざんばら髪が露《あら》わになっていた。

禍津神の膂力《りょりょく》を鑑みれば致命的な一撃だったはずだが、不機嫌そうな面持ちを除けば平然としている。

「油断した?」ふわふわと綿毛のように宙を舞う小夜《さよ》が、揶揄《やゆ》するように言った。「鈍いって嘆いてたのにね」

「喧《やかま》しい」

痛いところを突かれた征十郎は、忌々しげに顔の傷を指先でなぞった。顔の右上、額から始まり、眉間を通過して左の頬まで続いている、大きな古傷だ。

「癖」それを見た小夜が、小さく溜息《ためいき》をつく。「苛々《いらいら》すると引っ掻《か》くの、みっともないからやめなさいよ」

「――俺はいつでも平常心だ」

征十郎はそう言って、あれほどの打擲《ちょうちゃく》を受けても咥《くわ》えたままだった煙管《きせる》から煙を吸い込んだが、わずかに目の下が震えていた。

すでに、禍津神の腕は目前に迫っている。

指で土を抉《えぐ》りながら前進する腕は、征十郎の間合いに入るや否や手首の動きだけで跳躍した。

槍《やり》の穂先といっても差し支えのない爪が、征十郎を貫かんと肉薄する。

しかし、禍々《まがまが》しい爪が捉えたのは煙草《たばこ》の煙だけだ。

征十郎は禍津神の腕が跳躍した瞬間に前方へ飛び込み、回転しながら刀を突き上げていた。手首の内側、鱗の部分を貫いた切っ先は黒い毛の中から顔を出す。

だがそれだけなら、巨腕の重量と勢いに押し潰されただろう。

征十郎は素早く、身体の位置を入れ替えた。回転する刀身で傷口を抉って広げながら、神の腕を背負う体勢になる。

あとは、相手の突進の力を利用するだけだ。

地を蹴って、神の腕を大地に叩《たた》きつける。

串刺しにされたまま落下した腕は、征十郎が体重をかけて刀をさらに押し込むと、地面に縫いつけられた。

禍津神の腕はこの軛《くびき》から逃れようとして暴れたが、赤光を放つ刀身はびくともしない。

征十郎はそのまま刀から手を離し、踵《きびす》を返した。

「ねえ」

その首に、背後から小夜が腕を回して囁《ささや》いた。「先にちょっと食べちゃってもいい？」

「摘《つ》まみ食いか」

征十郎は苦笑いしながら、腰帯に手挟んでいた打刀《うちがたな》を引き抜いた。そして、その二尺五寸ほどの刀身を彼女に差し出す。

小夜は、顔をしかめた。

「やることやってからってこと？　いやあね、世知辛いわ」

ぶつくさ言いながらも、彼女はその指先を刃に伸ばした。

そして、撫《な》でる。

鋭い刃は小夜の指先の皮を裂き、破れた血管から血が迸《ほとばし》った。鋼の鈍い輝きを、あざやかな朱が濡らしていく。

「なに言ってんだよ」

征十郎は、唇を小さく尖《とが》らせる小夜を横目にし、呆《あき》れた顔をする。「なんなら、代わってやるぞ。やってみるか？」

「いやあよ、そんなの振り回したら腕が太くなっちゃうじゃない」

揃《そろ》えた四本の指をひらひらと泳がせて、小夜は眉根を寄せた。

征十郎は小さく笑ってから、走り出す。

禍津神の本体は、千切れかけた下半身を引きずりつつこちらへ動き始めていた。

征十郎は、腰帯に下げている巾着のひとつから炮烙玉《ほうらくだま》を取り出している。

銅製の球型容器に火薬を詰めた、小型の爆弾だ。

掌《てのひら》に載るほどの大きさの炮烙玉からは、導火線が延びている。煙管の火種でそれに着火しながら、征十郎は禍津神の間合いへと踏み込んでいった。

それを叩き潰そうと、巨大な拳が頭上から落ちてくる。

征十郎は半身になってそれを紙一重で躱すと同時に、拳が大地を撃つ衝撃に身体を持って行かれそうになりながらも、禍津神の股下へと滑り込んでいく。

そして跳ね起きながら、自らが切り裂いた禍津神の傷口へと炮烙玉をねじ込んだ。肩まで埋没させせて奥深くに固定し、すぐさま腕を引き抜いて後ろへ跳び退《すさ》る。

最前まで征十郎のいた位置を、鋭い爪が削り取っていった。

征十郎が二転、三転して遠ざかり、それを追う禍津神が一歩、踏み出した瞬間、炮烙玉が炸裂《さくれつ》する。

禍津神の下腹部が轟音《ごうおん》と同時に膨れあがり、背中の傷口から炎と爆風が噴出した。異形の神は全身を激しく震わせ、焼けた内臓と肉片をばら撒きながらよろめく。

その身体を支えるために踏み出した太い足が、異音を放った。

皮が裂けて肉が千切れ、骨が砕ける音だ。自重を支えきれなくなった足は大腿部《だいたいぶ》で崩壊し、支えを失った禍津神は為《な》す術《すべ》もなく頽《くずお》れる。

地面に伏せて爆風をやり過ごしていた征十郎は、ゆっくりと立ち上がった。

普通の生命体ならばすでに絶命しているだろうが、禍津神の肉体はすでに再生を始めている。祟《たた》りがあらゆるところから噴出し、増殖する肉が傷口からこぼれ落ちていく。

征十郎は、打刀を手に近づいていった。

それに気づいたのか、爆発の炎で炙《あぶ》られた腕が持ち上がり、伸びてくる。

しかし、その動きは精彩を欠いていた。

征十郎は易々《やすやす》と巨大な指先を躱《かわ》し、腕に飛び乗って駆け上がる。肩を越えたところで足を止めると、刀の切っ先を肩甲骨の間へと突き込んだ。

途端、白煙が噴き出す。

まるで、水の中に焼けた鉄を入れたかのようだった。

禍津神の巨軀が激しく身もだえ、迸っていた祟りがぴたりと止まる。

再生も、止まっていた。

しかしそれでも、禍津神の腕は五指を広げ、征十郎を握り潰そうと迫ってくる。

「往生際が悪いぞ、神さま」

征十郎は、突き込んでいた刀身を身体《からだ》ごと押しやるようにして、禍津神の背中を大きく、そして深く切り裂いた。

凄《すさ》まじい量の白煙が、征十郎の全身を包み込んだ。

神の腕が、その動きを止めた。

指先が弱々しく中空を摑《つか》み、そして遂《つい》には、力を失って落下する。

白煙に包まれた征十郎は、禍津神《まがつかみ》の死を確認すると刀を引き抜いて鞘《さや》に納めた。蹲《うずくま》る巨軀は、もはや肉の塊だ。

だが彼は、神の背中から降りようとしない。

それどころか身を屈《かが》め、自らが切り開いた傷口に腕を突っ込んだ。

容赦なく内臓を搔き分け、神の身体の奥深くへと指先を潜らせていく。

求めるものへは、すぐに到達したらしい。

征十郎の頰がわずかに緩んだ。

一気に腕を引き抜く。

神の体内から引きずり出したのは、掌に収まるほどの球体だ。

〝禍魂《まがたま》〟、と呼ばれている。

禍津神は輪廻《りんね》を喰らい、体内で禍魂を生成する。

これはその名が示すとおり、神の生命そのものだ。

ほぼ不死身といっていい禍津神だが、これを抜き取ることで完全に絶命させることができる。これを放置すれば、長い時間をかけて神の肉体は修復され、いずれは再び祟りを撒《ま》き散らす災厄として動き出してしまう。

すべての生命を喰《く》らい尽くす禍津神をこうして狩るのが、征十郎《せいじゅうろう》の生業《なりわい》だ。

カガリ、という。

神を狩る者、の意だ。

「まあ――こんなもんか」

落胆を隠しもせず、征十郎は呟《つぶや》いた。

生業、というからには、禍津神を狩ることでカガリは生計を立てている。

表向きにカガリの収入は、禍津神の討伐に与えられる報奨金だということになっていた。

間違いではない。その額は依頼主によるが、一柱につき一般人が一年から十数年、暮らせるだけの金額を得ることができる。

だが、最大の報酬はこの禍魂だ。

すでにこの世界は、禍魂がなくては成り立たないほどに依存している。

災厄たる禍津神の体内から発見された禍魂は、当初、神社に納められ神職により厳重に管理された。無論、さらなる祟りを畏れたのだ。

だが、あるひとりの機巧師《からくり》が、この禍魂から動力を抽出することに成功した。

出力量は禍魂そのものの大きさに比例するが、なにより驚嘆すべきは、ほぼ無尽蔵に利用できたことだ。

それはまさに、世界を一変させた。

文明レベルが急激に跳ね上がった、というよりは、まったく別の方向へ向かい始めた、というべきか。

いまやなくてはならない存在となった禍魂は、どれほど小さいものでも高値がつき、それ故に一攫千金《いっかくせんきん》を夢見た者たちがカガリとなった。

その大半は、禍魂を見ることすらなく輪廻を喰われて息絶えたが。

「贅沢《ぜいたく》よねえ」

だから、落胆する征十郎への小夜の揶揄も、あながち間違いではない。

「売れれば、それでも何年かは遊んで暮らせるでしょうに」

「贅沢じゃない、切実っていうんだ」

征十郎はじろり、と小夜を睨《ね》めつける。

彼女は、手に握っていたものへ齧《かぶ》りついた。

そして、静かに咀嚼《そしゃく》する。

それは、肉だった。

禍津神の、腕の肉だ。

「おまえも、人のことは言えないだろうに」

「どうして？」

小夜《さよ》は、きょとんとした顔で首を傾《かし》げる。「私はなにも困ってないわよ」

「――そうですかい」

苦い顔で肩を竦《すく》めると、征十郎は禍津神の背中から飛び降りる。

小夜は腕の肉を平らげ、禍津神の本体に手を伸ばしていた。

その鋭い猛禽《もうきん》の爪で、神を易々と切り裂いていく。そうして一口大になった神の肉を、無造作に口の中に放り込み始めた。

征十郎は、腰の巾着に手を伸ばす。幾つも腰帯に結びつけているが、そのうちのひとつから取り出したのは徳利《とつくり》だ。軽く振って中身が無事なのを確認すると、征十郎は目元に安《あん》堵《ど》を浮かべる。

「頑丈で良かったわね」

暗に、禍津神の殴打で吹っ飛ばされたことを言っているのだろう。

「神のご加護さ」

征十郎は、皮肉に皮肉で返す。

小夜は、鼻を鳴らした。

「神さまを殺しておいて？」

征十郎は徳利の中身を、禍津神の体内から取り出した禍魂に振り掛けた。徳利の中身は、神社で清められた御神酒《おみき》だ。

「ここは八百万《やおよろず》の神が住まう国だぞ。物好きなのがいたっておかしくないだろう」

「だといいわねえ」

禍津神の内臓を食べるべきか否か悩むように眺めていた小夜は、懐疑的に唇を歪《ゆが》めた。

征十郎は構わず、禍魂を御神酒で洗い流す。

動力源として活用される以前、神社に納められていたころの禍魂にも、秘匿されてはいたが、実は大きな需要があった。

霊薬、としてだ。

禍魂は、あらゆる怪我《けが》や病を治癒し、不老不死をもたらす霊薬とされた。金に糸目をつけずに求める者はあとを絶たず、殺傷沙汰も枚挙に遑《いとま》がない。

だが、禍魂には極めて強い毒性がある。

不死の霊薬といわれているが、そのまま口にすれば喉が灼《や》け、胃が腐り落ち、血が沸騰して忽《たちま》ち絶命することは必至だ。

これを食し、その恩恵を受けるには、同じ神の祝福によって浄化するしかない。

大きさにもよるが、小さいものなら半月から一年ほど、大きいものだと十年以上、御神酒に漬け込むことで毒が抜ける、とされていた。

しかし征十郎は、表面が濡《ぬ》れる程度の御神酒を掛けただけで、禍魂を口の中に放り込んだ。

それを、徳利の中に残っていた酒で流し込む。

「――美味《おい》しい？」小夜が、訊《き》く。禍魂を嚥下《えんげ》した征十郎は、口元を袖で拭い、鼻を鳴らした。

「そっちは、美味《うま》いのか？」

「そんなわけないでしょ」

小夜は不満げに、小さく頬を膨らませた。「無よ、無。塩を振っても、醤油《しょうゆ》をかけても無。何回言わせるのよ」

「なら、こっちも何回訊かれても答えは変わらんよ」

禍魂が決して美味いものでないことは、食したものならば誰しもが頷《うなず》くところだ。食感は寒天に似ているが、舌触りはざわりとして不快を催す上に、生臭さとえぐみが酷《ひど》い。御神酒に漬け込んでも抜けるのは毒素だけで、味にはまったく変化がなかった。

征十郎は、小さいものは味わわずにすむよう丸呑《まるの》みにしている。

「この味に比べれば、ないほうがまだましだ」

そうぼやいて空になった徳利を巾着に戻すと、征十郎は、禍津神の背中に突き立てたままだった鞘を引き抜いた。

そして、禍津神の腕を固定していた刀身へと向かう。

刀が地面に縫いつけていた禍津神の腕は、すでに原形を留《とど》めていなかった。すべて小夜が喰らい尽くしたわけではなく、絶命した禍津神の肉体は長くこの世界に留まることができないのだ。

征十郎が刀を引き抜くと、神の肉が未練のように糸を引いた。

刀身を、確かめる。

艶やかな刃には曇りひとつなく、刃毀《はこぼ》れもない。人間を斬れば血や脂が付着するが、神の身体はそれすら残さずに形を失っていた。

「保存食にできたら便利なのになあ」

小夜が、呻《うめ》いている。

彼女の目の前で、禍津神の肉体が崩壊し始めていた。

皮膚が剝がれて捲《めく》れ上がって赤い肉が剝《む》き出しになり、その肉もどろどろに溶けて流れ落ちていき、その下から現れた筋肉は細かな繊維となって解《ほど》けていく。

内臓はまるで発酵しているかのように泡立ち、溶けた肉と混じり合いながら流れ落ちていった。

そこへ、折れて砕けた骨が沈んでいく。

禍津神だったものはすでに形を失い、液状化して、死した大地の上に横たわった。世界を黒く塗り潰していた祟《たた》りは次第にその色を失い、ゆっくりと薄れつつある。

果実が腐敗したような、どこか甘ったるい香りが漂っていた。

征十郎はその香りが嫌いなのか、顔を顰《しか》める。咥《くわ》えた煙管《きせる》から煙草《たばこ》の煙を大きく吸い込み、ゆっくりと吐き出した。

そうしながら、辺りを見回す。探していたのは、飛ばされてしまった編《あ》み笠《がさ》だ。少し離れた場所に落ちているのを見つけて拾いあげ、泥を払ったところで動きを止めた。

「――どうしたの？」

「ん、いや」

征十郎は、自身が戸惑っているかのように歯切れが悪い。編み笠を被《かぶ》り直し、小さく首を傾げながらこの場を立ち去るべく歩き出した。

だがすぐに、足を止める。

振り返ったその視線の先にあるのは、禍津神の屍《しかばね》だ。

溶け崩れた肉と内臓が盛り上がる中に、なにかがあった。

それは特別、驚くに値しない。

禍津神がこの世界に顕現するには、受肉する必要がある。それは大抵、野生動物だが、人間の場合もあった。

「征十郎？」

小夜の訝《いぶか》しげな声には応えず、彼は踵《きびす》を返す。近づいていくと、その祟りの残滓《ざんし》の中に横たわるものがはっきりと確認できた。

熊と思《おぼ》しき、肉塊だ。神に受肉されたことでそれそのものの性質を維持できず、必要のない四肢が萎縮して胎児のように丸まっているために肉塊としか見えない。

征十郎《せいじゅうろう》は、その熊を押しのけた。

現れたのは、人間——人間の形、をしたものだ。

「あら、まあ」

小夜が、驚嘆の吐息を漏らした。

「どうしてわかったの?」

「わからん」

首を振りながら、征十郎は膝をつく。

女だ。

熊が受肉の贄《にえ》だとすると、こちらは禍津神の体内に取り込まれた犠牲者か。

だとしたら、人間——有機生命体ではあり得ない。祟りに晒《さら》されれば、人間も無論、無事では済まないからだ。

征十郎は、彼女の首筋に指先を当てる。温《ぬく》もりは感じるが、脈はない。「死んでる?」

小夜の問いかけも、確認に過ぎなかった。

だが征十郎が、「ああ」と返事をしかけたそのとき、女が目を開く。

蒼玉《サファイア》のような、蒼《あお》い瞳だった。
二、三度、瞬《まばた》きしたあと、彼女の視線は宙を泳ぐ。意識が朦朧《もうろう》としているわけではなさそうだが、ぎこちなさを感じさせる動きだ。
焦点が征十郎に合わさると、彼女の赤い唇が開く。

なにか、言おうとしたようだが、言葉は出てこない。

「日本語、わかるのかしらね」

「さて、なあ」

白い肌と短く切り揃《そろ》えた銀髪の、異国の女だ。着物ではなく、異国の衣類を身につけている。無地で飾り気のない上衣《ジャケット》と洋袴《パンツ》は、どちらかといえば男物だろう。

上衣の脇には革製の拳銃嚢《ホルスター》が吊《つ》り下げられ、小型の自動拳銃《オートマチック》が収められている。帯革《ベルト》の背中部分には短剣が二振り、交差する位置で鞘《さや》ごと固定されていた。

観光に来た異国人が遭難した、とは到底、思えない武装だ。

「――さ」

どうしたものか、と考え倦《あぐ》ねている征十郎の耳朶《じだ》を、囁《ささや》きが擽《くすぐ》る。

女の声だ。

「す、さ」

異国の女は、掠《かす》れた声で、確かにそう呟《つぶや》いた。

征十郎は、眉根を寄せる。

「知り合い？」

「いや」

征十郎は即座にそう返答したが、本当にそうだろうか？

女はそれ以上言葉は継がず、ふたたび目を閉じてしまった。

その顔を見据える征十郎は、奇妙な既視感に襲われる。

だが、その既視感が遠い。

なんともいえない感覚に、顔の傷が鈍く疼《うず》いた。

思わず手をやりそうになったが、小夜の小言を思い出し、煙管に指先を這《は》わせる。煙管の煙を大きく吸い込み、ゆっくりと吐き出した。

「――その前に、人間かどうか、だな」

小夜へ、というよりも自分自身に言い聞かせるかのような口調だ。

改めて女の首筋に触れ、やはり血流を感じないことを確かめた征十郎は、掌《てのひら》を彼女の口の前に翳《かざ》した。不思議なことに、呼気を感じる。征十郎は首を傾げたが、女の胸元に耳を押し当て、柔らかな感触の向こう側から届く音を聞いて納得した。

心臓の規則的な鼓動ではなく、低い唸《うな》り声《ごえ》のような響きと、小さな金属音の連なり――

「機巧《からくり》人形か」

それならば、禍津神《まがつかみ》に呑《の》み込まれて姿形を留めていられるのも納得できる。魂を持たない人形に輪廻《りんね》はなく、すなわち祟りによって害されることがないからだ。

「持って帰るの？」

征十郎は、自分の荷物の上に被せていた軍用外套《コート》で彼女を包《くる》むと、肩に担ぎ上げた。五尺九寸ほどの身長にしては、やはり重量がある。

「異国の機巧人形が、禍津神から出てきたんだ。置いていくのは人の道に外れるだろ」

「好奇心は猫を殺す、って英吉利《イギリス》の諺《ことわざ》だったかしら」

その口調から、小夜《さよ》は機巧人形に関わることには反対のようだった。

征十郎は、そんな小夜の杞憂《きゆう》を吹き飛ばすかのように、にやりと笑う。

「心配するな、俺は猫より頑丈だぞ」

これに小夜は、「別に、心配なんてしてないわよ」と冷ややかに返す。その投《な》げ遣《や》りな口調が可笑《おか》しかったのか、征十郎は大股で歩きながら声に出して笑った。

壱

潺《せせらぎ》に押されて、水車が軋《きし》みながらゆっくりと回っている。

その水車小屋は、廃屋のように見えた。変色し、所々剝がれ落ちた壁板や、庇《ひさし》に張った蜘蛛《くも》の巣、屋根の茅《かや》の傷み具合など、こまめに手を入れていない証拠だ。

水田だった周囲の土地は今はもう使われておらず、雑草が我が物顔で支配している。風が吹くと草が波打ち、擦れ合う音がざわめきのように広がっていった。

その波を掻《か》き分けるように、細い畦道《あぜみち》が水車小屋へ続いている。

進むのは、機巧人形を肩に担いだ征十郎と小夜だ。

爽やかで心地よい春の風が、煙草の煙をふわりとさらっていく。

旅装束の征十郎の背中には、行李《こうり》(※1)がある。行商人なら行李の中身は商品だが、カガリはこれに全財産を収納して持ち歩いた。

カガリは、定住しない。

だが、町中の宿場は利用できないので、各地に拠点となる場所を用意していた。その殆《ほとん》どは、この水車小屋がそうであるように人里離れた僻地《へきち》にある。

長く空《あ》けることもあるので、盗《と》られて困るものはすべて持ち歩くようになったのだ。

「変わってないな」水車小屋を眺めて征十郎が呟くと、「相変わらず、清々《すがすが》しいほどボロボロね」と小夜が相槌《あいづち》を打つ。

「形があるだけマシだろうよ」呵々《かか》と征十郎は笑った。

久しぶりに立ち寄ったら跡形もなく壊されていた、というのも珍しいことではない。カガリが使用した、というだけで、わざわざ壊しに来る者すらいるのだ。

立てつけの悪い引き戸を開けると、そこに挟んであったであろう小さな木札が足下に転がった。

それを拾ってから、中に入る。

水車小屋とはいっても、土間にある臼《うす》と杵《きね》は今や完全な置物だ。外の水車には繋《つな》がっておらず、いくら水車が回転しても杵が動くことはない。

草鞋《わらじ》を脱いで畳敷きの床上《しょうじょう》へ上がった征十郎は、肩に担いでいた機巧人形の女をそっと寝かせ、その傍らに胡座《あぐら》をかいて座した。彼女が呼吸するたびに、胸が微《かす》かに上下している。心臓の鼓動を確認しない限り、寝ているようにしか見えないだろう。

「目が覚めるのを待つの?」

「そうしたいのは山々だが――」

行李を下ろした征十郎は、編み笠を脱ぎながら先ほど拾った木札を改めて見やる。掌にちょうど収まるほどの大きさで、表面には穴が三つ、空いていた。

そこに表示されるのは、ふたつの数字と漢字一文字だ。中に組み込まれた機巧を操作して、日時と要件を端的に、あるいは符丁として報《しら》せることができる。

「あら、虎之助《とらのすけ》ね」小夜は、合点がいったように言った。「ということは仕事かしら」

征十郎は、頷《うなず》く。

これは、穢土《えど》で同心（※2）を務める須藤《すどう》虎之助からの尺牘《せきとく》（※3）だ。

仕事あり、至急連絡されたし――

日付は、三日前である。

「放っておくわけにもいかんしなぁ」

征十郎は、困った顔で頭を掻いた。伸ばし放題の髪は、せめてもう少し短くしろ、と小夜に小言を言われるが、生来の面倒くさがりな性質のために改善される様子はない。

「なら、担いで行けば？」

提案する小夜の声は、なおざりだ。征十郎は顎をひと撫《な》でしたあと、ふうむと唸る。

そして、意を決したように膝を掌で打った。

「そうするか」

「は？」

小夜の声は、呆気《あっけ》に取られたかのように間が抜けていた。

征十郎は、颯爽《さっそう》と立ち上がる。

「いや、ちょっと待ちなさいって」慌てて小夜が、引き留めた。「さすがにこんなの担いでたら、虎之助に会いに行ったその場で捕まるわよ」

「大丈夫だろ」征十郎は、聞く耳を持たない。「なんといっても、小夜さまのご提案だからな」

「器の小さい男！」小夜は憤慨したが、征十郎はにやにやしたまま編《あ》み笠《がさ》を再び被《かぶ》る。

そして言葉どおりに女を担ぎ上げようとして、動きを止めた。

機巧人形が、目を開いている。蒼玉の瞳は、ひたと征十郎を見据えていた。

「悪い、小夜が煩《うるさ》かったか？」

「なんで私だけなのよ」

頭の上で交わされる言葉には反応せず、女はゆっくりと右手を持ち上げた。それがちゃんと動作するのかどうかを確かめるように、掌を閉じたり開いたりする。

その動きは驚くほど滑らかで、静かだ。

「調子はどうだ」彼女の動きをしばし眺めていた征十郎が、声をかける。彼女は眼球だけを動かして、征十郎を見上げた。

「あなたは、誰ですか」

これに征十郎と小夜は、思わず顔を見合わせる。

「――俺は、征十郎だ。須佐《すさ》征十郎」疑問はひとまず横に置いておき、彼は応じた。「こっちが小夜だ。あんたの名前は？」

「わたしは」

機巧人形は、答えようとして言葉を失った。

征十郎は急《せ》かさず、もう一度、腰を下ろしてじっと待つ。

やがて機巧人形は、戸惑うように、呟いた。

「四《フィーア》――四番目《フィールデ》、四百《フィアフォンドレット》……」

連続する異国の数字に、征十郎は眉根を寄せはしたが黙って聞いていた。そして、それ以上、彼女が言葉を継がないのを確認してから口を開く。

「もしかして、そいつがあんたの名前か」

名前、というよりも製造番号というべきか？　征十郎が重ねて問うと、機巧人形は寝そべったまま首を傾《かし》げた。それは否定の表現というよりも、当惑に近い。

「違うのか」と征十郎がさらに確認しても、彼女は明確な答えを返さない。

製作者や所有者を問うても返事がなく、征十郎は腕を組んで低く唸った。

「やっぱり壊れてるのかしらね」

小夜がそう言うのは、なにも当てこすりがしたかったわけではない。機巧人形の性能、規格は、製作者の腕前や趣味趣向、さらには用途によっても千差万別だ。機械然としたも

のもあれば、人間と殆ど見分けがつかないものまである。

いずれにせよ、機巧人形がとんでもなく高価なものであることに変わりはない。

だからこそ、あらゆる機巧人形にはひとつの機能が搭載されていた。

製作者、所有者を顔と声、そして暗号で認識し、登録することによる主従関係の構築だ。

これにより機巧人形は登録された人物にのみ隷属し、他の人間からの命令を拒否できる。

たとえ機巧人形を盗んだとしても、この機能が正常に働いている限り、一切の命令を拒否する動かぬ人形をもてあますしかない。

「そうとも限らんさ」そして、小夜の発言に対し征十郎《せいじゅうろう》がそう言ったのにも、わけがある。

製作者や所有者の名前を出し、自らの帰属を訴えないのは、確かに壊れている証左かもしれないが、もうひとつの可能性を無視することはできない。

万が一、自分の支配下から離れた場合に、帰属を明確にされると困る場合だ。

「こいつは外見だけで判断すれば、異国製だ。それが禍津神に呑まれていたんだから――分かるだろ？」

「――分かってるから、嫌だったのよ」小夜は、小さく溜息《ためいき》をついた。

禍津神と禍魂《まがたま》は、この国、日本だけに現れる現象ではない。

世界各国にも、名前は違えども同じように輪廻を喰《く》らう獣が存在し、その獣からは無限の動力を生み出す物質を得ることができる。

ただ、日本の禍魂は質が高いことで知られていた。

特に動力源としてではなく、霊薬としての価値が非常に高い。印度《インド》や欧羅巴《ヨーロッパ》からも買い手がつき、どれほど高値になろうとも需要が減ることはなかった。

幕府は当然のことながら、国内での異国人による神狩りを禁じている。発見した場合はその場で直《ただ》ちに斬り捨てられ、後々に発覚した場合も例外なく死罪を言い渡されるほど徹底していた。

「厄介ごとを背負い込んじまったってところか」

征十郎は、特に深刻な様子も見せずに煙管《きせる》を咥《くわ》えた。そこで火種が尽きていることに気づき、行李を開き始める。

「嬉々《きき》として背負ったんでしょ」

小夜のちくりとした物言いを耳にしながら取り出したのは、新たな煙草《たばこ》の葉と火打ち石だ。

掌《てのひら》にすっぽりと収まる金属製の筒は、その先端に発火用の火打ち石が並び、その隣には細い縄が顔を出している。火打ち石を擦り合わせることで火花が生じ、筒の内部に蓄えられた油が染み込んだ縄に着火する仕組みだ。征十郎は煙管の雁首《がんくび》から古い煙草の葉を取り出し、新しいものを詰める。

「悠長ね」

呆《あき》れたような小夜《さよ》の言葉に、征十郎は、「うむ、人間何事も余裕がないとな」と煙管に火を入れながら嘯《うそぶ》いた。

その背後で、機巧《からくり》人形がむくりと起き上がる。

ふと目をやった征十郎は、ぎょっとした。彼女が、拳銃嚢《ホルスター》から引き抜いた自動拳銃《オートマチック》を構えていたからだ。

征十郎は慌ててその手を押さえたが、彼女が引き金を引くほうが早い。

狭い水車小屋の中に、乾いた発砲音が響き渡る。

着弾の衝撃に倒れ込んだのは、征十郎ではなく小夜だった。

征十郎の制止で狙いを外したわけではない。

その照準は最初から、征十郎ではなく小夜を捉えていた。

撃たれた小夜は、肩口を押さえて身体《からだ》を丸くし、苦痛の呻《うめ》き声《ごえ》を漏らす。

銃撃を受けた肩口からは、白煙が立ち上っていた。あざやかな竜胆《りんどう》の生地を、血の赤が濡《ぬ》らしていく。

征十郎は機巧人形の手から銃をもぎ取ったが、彼女は抵抗しない。どこか、困惑しているようにも見えた。

「動くなよ」

武装解除しなかったことに慚愧《ざんき》の念を感じながら、彼女の背中に固定されていた二振りの短剣も取り上げる。

そして小夜のもとへ駆け寄ろうとして、またしても驚愕《きょうがく》の声を漏らした。

小夜が、飛びかかってきたからだ。

血と白煙を撒《ま》き散らしながら、機巧人形へ猛然と襲いかかる。

なぜか、彼女は動かなかった。

小夜の鋭い爪が、その顔面めがけて振り下ろされる。

征十郎は咄嗟《とっさ》に、機巧人形の身体を蹴飛ばしていた。横倒しになるその身体の肩口を、小夜の一撃が抉《えぐ》り取っていく。

そしてすぐさま身を捻《ひね》り、倒れた機巧人形の身体を跨《また》ぐようにして追撃の一打を振り下ろそうとした。

その振り上げた腕を、征十郎が背後から摑《つか》む。

そして空いた手を彼女の腰に回し、強引に持ち上げた。

抗《あらが》う小夜は踵《かかと》で征十郎の膝を激しく蹴りつけ、彼は顔を歪《ゆが》めながら蹈鞴《たたら》を踏んだ。そのまま壁際まで後退し、そこに背中を預けるようにして倒れ込む。

「ちょっと、放しなさいよ！」

小夜が、鋭い牙を剝《む》き出しにして怒鳴る。「最初に撃ってきたのは、あっちでしょ！」

「だからこれで、お相子だろう」

窘《たしな》めるように言った征十郎の頬を、暴れる小夜の爪が引っ掻《か》いていく。

そんなふたりをよそに、起き上がった機巧人形は肩を破壊されて動かなくなった手をじっと見据えていた。

「悪魔《デーモン》——獣人《セリアンスロープ》？」

呟《つぶや》く。悪魔、とは欧羅巴などでの禍津神《まがつかみ》の別名だ。

「この国じゃ、〝獣憑《つ》き〟って言うんだよ」

征十郎が、もがく小夜の頭を撫でながら言った。

獣憑き、とは、人間と獣の魂が混じり合ってしまった者の総称だ。人間の肉体に獣の特徴が現れる彼らは、殆《ほとん》どが普通の人間である両親から生まれる。

原因は不明で、治療方法もない。

その立場も千差万別で、日本では根深い差別意識は否定できないものの、穢土などの大都市ではごく普通に生活していた。

だが国によっては、生まれ落ちた瞬間に命を奪われることもある。

「ほら、いい加減、傷を見せろ」

弾は、抜けていた。弾痕の周囲の肉が焼け爛《ただ》れ、煙を吹いている。

通常の弾丸では、彼女を殺害できない。

肉体的な損傷を与えることはできるが、致命傷にはなり得ないのだ。

だが、この弾丸は違う。

神職にある者が祝福を施した特殊な弾丸は、彼女の生命に手が届く。

おそらくは短剣にも、神の祝福がなされているのだろう。

禍津神を狩るための、武装だ。

落ち着いた小夜を解放し、征十郎は、座り込んだままの機巧人形に向き直った。

「とりあえず、小夜を狩ろうとするな。あんたもそれ以上、壊されたくないだろう」

「狩る？」

自身の行動を十全に理解していないのか、彼女は戸惑っているようだった。

だが、少なくともふたたび襲いかかるような素振りはない。

「動作不良起こしてるんじゃないの」

小夜は、不愉快そうに鼻面に皺《しわ》を寄せた。「もうさ、ガラクタ屋に売っぱらっちゃおうよ」腹立ち紛れに、言い放つ。

「まあ、そう怒るな。着物なら新しいのを買ってやるから」

宥《なだ》めるように征十郎が言うと、彼女は「それは当然でしょ」と怒気を収める様子はない。

だが、本気で怒っていたならばこんなふうに冷静に話などできないだろう。

機巧人形に一撃を返したことで、多少なりとも溜飲《りゅういん》を下げたのだ――征十郎はそう判断した。

「腕は、動くか」

「いいえ」

小夜の爪は、機巧人形の肩を深々と抉っていた。割れた傷口から、内部の機巧が剝き出しになっている。潤滑油が彼女の腕を伝い落ち、板間に溜《た》まっていた。

「立てるか」

「はい」

機巧人形に痛覚はない。腕は動かずとも、他の部位が無事ならば行動に制限はかからない。

すっくと立ち上がった機巧人形は、「左腕の機能停止以外に、異常は見当たりません」抑揚のない口調で言ったあとに数回、瞬《まばた》きした。「ただ、記憶野に若干の欠損が認められます」

「知ってるよ」

騒動で転がっていた煙管を拾い上げ、苦笑いしながら煙を吸い込んだ。「あそこの怖いお姉さんはあんたを売り払うつもりらしいが、それでもいいかい？」

「なによ、嫌みったらしい」

小夜が憤慨の声を上げたが、征十郎は無視する。

「誰か会いたい人間、あるいは行きたい場所があるなら、ガラクタ屋に行く前に教えてほしい」

言ってはみたものの、製作者や所有者を覚えていないのだから、この質問も無意味だろうとわかっていた。

「すさ、って言葉に聞き覚えはないか」

だから、そう付け加えた。「あんたがそう言うのを、俺は確かに聞いた。そいつは俺の名前なんだが、なぜ知っていた？」

「――わかりません」

征十郎をひたと見据え、機巧人形は首を横に振った。

機巧人形は嘘《うそ》をつかない。

嘘がつけない、というべきか。

人類に隷属すべきものとして生み出された機巧人形たちには必要のない機能だとして、殆どの場合は搭載されていない。

だが、と征十郎は、機巧人形を眺めながら思案していた。

禁じられた神狩りのための、機巧人形だ。

通常では考えられない機能が搭載されている可能性もある。

「こいつは、機左右衛門《きざえもん》に診せたほうが話が早いかもな」

機左右衛門とは、当代随一の腕前と評されている機巧師の名前だ。

しかしその名を口にすると、小夜が悲鳴を上げた。

「変態、嫌い！」

「嫌なら、ここで待ってろよ」

征十郎《せいじゅうろう》は、穏やかに微笑《ほほえ》む。「俺は、無理強いしない男だからな」

「どうしてそんなにいけずなのよ」

むくれる小夜を見て、征十郎はにんまりと笑う。

「ついてきたいなら、素直にそう言え」

小夜は舌を出して、そっぽを向いてしまった。

征十郎は立ち上がると、部屋の奥に置かれていた簞笥《たんす》の中を引っかき回す。

取り出したのは、古びた羽織だ。

それを、小夜と機巧人形のふたりに投げて寄越《よこ》す。

すぐに小夜が、顔を顰《しか》めた。

「ちょっと、これ黴《かび》臭い」

「まあ、置きっぱなしだったからな」

彼女の不満には取り合わず、征十郎は床に散らばった機巧の破片を拾い集める。「ふたりともそんな有様じゃ、人目を引きすぎる。我慢して着ろ」

「だから、関わるのは嫌な予感がしたのよ」

それでも羽織に袖を通しながら、小夜は深々と溜息《ためいき》をついた。

細かな破片もひとつ残さず拾ったことを確認した征十郎は、機巧人形が特に文句も言わずに羽織を身につけているのを確認し、

「あんたは――」

呼びかけたところで、押し黙った。言葉の続きを待つ機巧人形は、まるで主人の命を待つ犬のように身動《みじろ》ぎひとつしない。

「どしたの」

首を捻《ひね》ってなにかを思案している征十郎を、小夜が促す。「うん」彼は頷《うなず》き、機巧人形を眺めた。

「どうもあんた、じゃ据わりが悪いと思ってな」

「ああ……」

小夜は、少し呆れたように溜息をついた。「拾ってきた犬猫に名前をつけちゃったら愛着が湧くから駄目、っていつも言ってるでしょ」

「しかし、ミケやシロじゃさすがにちょっとなあ」

「話を聞きなさいよ」

小夜の声がやや険を帯びたが、征十郎は気にした様子もない。ひとしきり考え込んで唸《うな》ったあと、閃《ひらめ》いたかのように掌《てのひら》を軽く拳で叩《たた》いた。

「フィーア、でどうだ」

「安直」

切り捨てるように、小夜《さよ》は言い放つ。「ミケやシロと変わんない」

「そうか？」

征十郎は特に気分を害した様子もなく、機巧《からくり》人形を見据えた。「なら、あんたが決めろ。ミケ、シロ、フィーアどれがいい？」

「なんたる三択」

小夜は低く呻《うめ》いたが、機巧人形は表情ひとつ変えずに暫《しば》し考えたあと、呟いた。

「ミケ」

「嘘でしょ」

愕然《がくぜん》とした小夜の声を聞きながら、征十郎は膝を打った。

「よし、決まりだな」

「待ちなさいって」

無表情に頷いている機巧人形を遮るかの如《ごと》く、小夜が声を張った。「さすがにそれじゃ、体裁が悪すぎるでしょ。もう、本当に馬鹿なんだから。馬鹿なんだから」

「二回も言うなよ」

口をへの字に曲げた征十郎に、小夜は鼻を鳴らす。

……ミケ。
……ウソでしょ

機巧人形は、わずかに首を傾《かし》げてこのやりとりを聞いていた。聞いてはいるが、理解した様子はない。

「駄目でしょうか」

だから、そんなことを無邪気にも訊《き》いてくる。

「駄目――うーん、駄目っていうか……」

小夜は、なんと説明したらいいか考え倦《あぐ》ねて口ごもる。すると征十郎が、意趣返しとばかりに鼻を鳴らした。

「文句ばっかりの小夜さまにも、たまには妙案を出していただこうかね」

「むっ」

小夜は、やや怯《ひる》んだように押し黙った。

その沈黙は、時折、呻き声や溜息を挟みながらしばらく続く。

やがて彼女は、ぼそりと呟いた。

「まあ、フィーアもそんなに悪くないかもね。一郎、とかと似たようなものだし」

これに征十郎は、思わず噴き出す。

「なにさ」

小夜の声には険があったが、隠しきれない恥じらいもあった。

「いや」

征十郎は咳払《せきばら》いしたあと、ぴくりとも動かない機巧人形をひたと見据えた。

「まあそんなわけで、これからおまえをフィーアと呼ぶぞ。いいな?」

「――了解しました」

機巧人形は、素直に頷く。

返答までのわずかな間は、まだミケの名に未練があったからだろうか。

そう考えたあと、征十郎は心の中だけで馬鹿馬鹿しいと一蹴する。

機巧人形に搭載された人工頭脳は、勿論《もちろん》、製作者の技能にもよるが、機左右衛門に代表される一流職人の手にかかれば人間と遜色ない水準で行動できるだけの演算処理能力を備えていた。

しかし、それでも、人間の細やかな情感だけは表現し切れていない。

ある程度の喜怒哀楽は表《あらわ》すことができるが、未練、などという心の機微を自然に表すことは到底、不可能だ。

「町まで少し、歩く。いけそうか」

もしも途中で動かなくなったら、担いでいかなくてはならない。それ自体は問題にならないが、さすがに異国の女を肩に担いで町に入るのは、小夜の言葉ではないが体裁が悪い。

「はい」

征十郎の懸念を払拭するように、機巧人形――フィーアは、首肯した。

機巧人形は嘘をつかないが、同時に、無理もしない。機能に損傷や瑕疵《かし》があれば、それを隠すことは所有者にとっての不利益になるからだ。

彼女が歩けるというのなら、十全にその機能を果たせると思っていい。

「なら、出発しよう」

煙管《きせる》を咥《くわ》えたまま立ち上がると、フィーアを包《くる》んでいた軍用外套《コート》を羽織ってから行李《こうり》を背負い、編《あ》み笠《がさ》を被《かぶ》り直す。

「慌ただしいわねえ」小夜が、ぼやく。「さっき、余裕が大事とか仰《おつしや》ってませんでしたか？」

「一寸の光陰軽んずべからずさ」

征十郎がにやりと笑うと、小夜は小さく息を吐いた。

「あんたが言っても、ね」

そのやりとりを、やはりフィーアは無表情に眺めていた。


（※1）……竹などで編んだ籠の事。

（※2）……下級役人の一つで、見回りなどの警備につく者。

（※3）……手紙の事。

弐

鋼鉄の蹄《ひづめ》が、大地を力強く打ち据えた。

その強靭《きようじん》な四肢が持ち上がるたび、内部では無数の撥条《ぜんまい》、弾機《ばね》、歯車が規則正しく、なめらかに、動力を伝達させていく。

馬――通常よりも一回り大きいその巨体は、鉄の骨格と木製の皮膚によって形作られている。

機巧《からくり》じかけの、馬だ。

大きく開いた鼻孔から水蒸気を吹き出しながら、巨大な荷台を牽《ひ》き、悠々と大通りを進む。

荷台にところ狭しと並べられているのは、厳重に梱包《こんぽう》された商品――機巧製品だろう。

その製品の隙間では、いずれも眼光鋭い男たちが周囲に気を配っている。

荷馬車の周囲では、一回り小さい機巧馬《きこうば》に跨《また》がった男たちが数名、一定間隔を保ちながらこれを護衛していた。

荷台の男たちは打刀《うちがたな》と脇差しの大小二本を差し、馬上のほうは太刀を佩《は》いている。中には、小銃や散弾銃を手にしている者までいた。

この人数と武装の用心棒を雇い入れるということは、荷馬車の持ち主には潤沢な資金があるのだろうし、また、運んでいる機巧製品も高価なものだと推測される。

だが、通りを歩く人々は、わざわざ彼らに目をやろうともしない。

同じような用心棒を護衛につけている荷馬車が、何台も往来を行き交っているからだ。

ここ――穢土《えど》に住む者にとっては、それは取り立てて珍しい光景ではなかった。

だが、彼は違う。

征十郎は、否《いや》が応でも目立つ存在だ。

人混みの中に入れば頭ひとつ抜きん出て背が高く、猩猩緋《しょうじょうひ》の小袖はそのあざやかさで人目を引いた。

その背中の大太刀もまた、異彩を放つ。

凡《およ》そ人間が振り回せるような大きさではなく、また鞘《さや》を拵《こしらえ》まで黒い布で巻いているので、見栄《みえ》でもない。

そして腰帯に手挟んでいる六雷神機・弐式は、見る者が見れば目を瞠《みは》り、驚嘆に足を止めるはずだ。

回転式火縄銃《マッチロック・リボルバー》が時代遅れであることは確かだが、六雷神機・弐式の価値はその稀少性《きしょうせい》にある。

単発の火縄銃から回転式拳銃への過渡期に実験的に製造された回転式火縄銃の中でも、六雷神機・弐式には非常に高い技術力と製作費が必要とされた。その上、扱いの難しさや拳銃にも拘《かか》わらず小銃並みの重量であることなど、問題点も多かったため、試作品が数挺《すうちょう》、製造されただけに終わる。

だからこその、稀少価値だ。

その、幕府お抱えの工房で製作された試作品を、なぜこの大男は所持しているのか。

そもそも、何者なのか。

さまざまな視線が、征十郎《せいじゅうろう》の巨軀《きょく》へ向けられている。

侍には見えず、さりとて町人とは到底、思えない。そしてもしも彼がカガリと知れば、好奇の眼差《まなざ》しの多くが嫌悪と畏怖へと変わるだろう。

しかし今日、いつもより視線が集まるのは、彼だけのせいではない。

小夜と、フィーアだ。

穢土の町に入ってすぐ、小夜は、征十郎を引き摺《ず》るようにして呉服屋に駆け込んでいた。柄は違うが同じ竜胆《りんどう》色の着物を買い、さっそく着替えている。フィーアにはとりあえず新しい羽織だけを買い与え、それから機左右衛門《きざえもん》の工房目指して通りを進んだ。

この町では、異国の人間など珍しくはない。

英吉利《イギリス》人、阿蘭陀《オランダ》人、仏蘭西《フランス》人、印度《インド》人、波斯《ペルシャ》人——目の色も肌の色も違い、服装も様々で言葉も異なる人種が、毎日のようにやってくる。港では入港待ちの船が列を成し、船員相手の宿や飲食店は連日、大繁盛していた。

そして、人と金が集まれば、そこへ群がる者たちも現れる。

吉原遊郭だけに留《とど》まらず、あらゆる場所の宿や飲み屋、町角に、美しい遊女や陰間《かげま》の姿が見られるようになった。

そこには、少なからず獣憑《つ》きもいる。さまざまな動物と混じり合った者たちが、用心棒、船員、炭売り、大八車を押す者、店番——ありとあらゆる職に就いていた。

だからこの町で、外国人、獣憑き、という理由でフィーアと小夜が目立つことはない。

それでもなお、このふたりが人目を引くのは、単純《シンプル》に美しいからだ。

機巧人形の外見は勿論、製作者の技量次第ではあるが、大抵は完全な美貌を目指す傾向にある。それがかえって人形然としてしまうのだが、フィーアの顔にはそれがない。鼻は完璧というにはやや低く、唇は完全な弧を描くには少し厚めだ。双眸《そうぼう》は十分に大きいが、魅惑的とされる角度から考えればわずかに目尻が下がり気味といえる。

だからこそ、彼女の顔には人を振り向かせるだけの魅力があった。

不完全な中に生じる、精緻な均衡だ。

おそらく、通りすがりにフィーアを横目にした者は、彼女が機巧人形であるとは夢にも思わないだろう。

獣憑きの外見は、混じり具合によって大きく異なる。

直立した獣のような者もあれば、殆《ほとん》ど人間と変わらない者もいた。

小夜《さよ》も、人間に近い外見をしている。耳を隠してしまえば、一見してそうとはわからないだろう。

ただ、そのしなやかな動きは、どこか野生動物を思わせるところがある。上背もあり、ただ歩くだけで人の目を引きつけた。

そのうえに蠱惑的《こわくてき》な美貌があるとなると、目立つな、というほうが難しい。

征十郎はこのふたりを連れているせいで、先ほどとは違った意味で、いったい何者なのか、と訝《いぶか》しがられていた。

小夜とフィーアは、勿論そんなものには頓着しない。小夜は気紛《きまぐ》れに町屋をのぞきながらふらふらしているが、フィーアは黙々と征十郎につき従っていた。

「気になる店はないのか」

一応、訊いてはみたものの、返答は首を横に振る動きだけだ。

しかし、そんな彼女の目に留まったものがある。町屋の建物の上、その遥《はる》か遠くに見えるのは、穢土城だ。だが、蒼《あお》い瞳が映しているのは、城ではない。

穢土城の傍らに並び立つ、巨大な建築物だ。

穢土の町のどこからでも眺めることのできるその五角形の建物は、この町のあらゆる場所に繋《つな》がっている。この町を支えている。なくてはならない存在——発電所だ。

「でっかいだろ」

〝禍魂《まがたま》〟を動力とした発電所は、世界中にある。だが、ここまで巨大なもの——五十万人が暮らす都市の電力をたった一機で賄うものは、他にはない。

穢土の建築物の大半が木造なのに対し、発電所は混凝土《コンクリート》製だ。五角形の外装には、送電線が蔦《つた》の如《ごと》く絡みついている。

そのすべてが、地中へと消えていた。

地下に張り巡らされた送電網が、穢土中に電気を送り込んでいるのだ。その電力が、陽《ひ》が落ちれば通りにずらりと並ぶ街灯に明かりを点《とも》し、生鮮食品を保存する冷蔵庫を稼働させ、寒い季節になれば部屋の中を暖める。

まさしく、穢土の心臓そのものだ。

「用事を済ませたあとに、近くまで見に行ってみるか？」

実際、初めて穢土を訪れた人間なら誰しもが一度は見物に行く、観光名所でもある。

フィーアは発電所から征十郎に視線を移動させると、少しだけ、首を傾けた。

「嫌いなんですか」

そう訊《き》かれて、征十郎は鼻白む。

「どうしてそう思った？」

「──なんとなく、です」

フィーアの応《いら》えに、征十郎は眉根を寄せた。

不愉快だったわけではない。

算譜《プログラム》によって決定される機巧《からくり》人形の言動に、なんとなく、などということはありえないからだ。

「嫌い、とは違うな」

胡乱《うろん》に感じながらも、征十郎は言った。「厄介だ、とは思ってるよ」

「厄介……」

それがどういう意味なのかを吟味するかのように、フィーアは目を伏せた。「それは、なくなればいい、ということでしょうか」

不思議な機巧人形だ、と征十郎は思った。彼自身は、機巧人形について造詣が深いわけではない。だが、本来機械的な言葉のやりとりに、どこか人間らしさの片鱗《へんりん》を感じていた。

「最終的には──そうだな」

頷《うなず》くと、フィーアはやはりじっと征十郎の顔を見据えた。

もしも彼女が普通の人間ならば、「なぜ」と問うただろう。生活の基盤たる〝禍魂〟による発電は、いまやあらゆる人間にとって欠かせないものだ。

「そうですか」

しかし彼女は、ただそう言っただけだった。

表情にも変化はなく、なぜそんなことを訊いたのかもわからない。

そんな征十郎の困惑をよそに、彼女は淡々とした足取りで歩く。

その足は、通りに建ち並ぶ町屋のひとつへ向かった。特に、その店が気になった、というわけではない。先に小夜がのぞいていたので、それについて行っただけだろう。

そこは、櫛《くし》や簪《かんざし》、笄《こうがい》などを取り扱う町家だ。フィーアは小夜の傍らに並ぶと、まるで彼女を真似《まね》るように並べられた商品へ視線を落とす。その目には、なんの関心も浮かんでいない。視線はただ、滑っていくだけだ。

ところが、その視線がある箇所で止まる。櫛だ。様々な材質と凝った意匠により美術品と呼んでも差し支えないそれらが、どういうわけか機巧人形の関心を引いたらしい。

「どれが気に入った？」

征十郎が横からのぞき込むと、フィーアは少し驚いたように視線を上げ、それから眉根を寄せた。

その表情を見て、征十郎は言葉を変える。「どれが欲しい？」

「――欲しい？」

フィーアは首を傾《かし》げる。当然ながら、機巧人形に物欲はない。感情の機微とは違い、大まかな欲求を設定することは可能だが、特段の事情がない限りわざわざそんなことはしないのが通例だ。

彼女の場合は、どうだろうか。

征十郎は、無造作に櫛をひとつ手に取った。

「ひとつ、買ってやろう。どれがいい」

すると彼女は、さして迷う様子も見せずそれを指さした。無造作に選んだものだっただけに、征十郎は苦笑いを浮かべる。

「じゃあ、私はこれ」

横から伸びてきた白い指先が、迷うことなく簪を選び取る。高級な鼈甲《べっこう》製だ。

「おまえ、髪結わないだろう」

征十郎にそう指摘されても、小夜は平気な顔だ。「結うために買うのか、買うから結うのか、私にとってはどうでもいいことなのよ」

「俺にはどうでも良くないんだが」

一応、反論はしてみたものの、征十郎はすでにふところから財布を取り出している。

小夜は素直に喜んでいたが、フィーアがどう感じているのか、征十郎にはわからなかった。包んでもらった櫛を受け取ったときも、「ありがとうございます」と感謝の言葉は述べたものの、その表情は殆ど動いていない。

ただ、包んでもらった櫛を小型の鞄《ベルトポーチ》にしまう姿は、どこか恭《うやうや》しさが感じられた。

「兄さん、えらく羽振りが良さそうだね」

目立つことには慣れた征十郎たちだが、それは時として面倒な人種を引き寄せてしまう。声をかけてきたのは、いずれも腰に刀を帯びた男たちだ。征十郎と同じく髷《まげ》は結わず、総髪にしている。身なりはよろしくなく、着流し姿だがどちらかといえば流しているのではなく崩れている、といったほうが正しいだろう。

浪人、と呼ばれる仕官先のない侍たちだ。徳川《とくがわ》家の治世で戦がなくなると、戦うことが仕事である侍たちの職がなくなるのは当然の成り行きだった。仕えるべき主を失った侍たちの中には、刀を捨てて別の道を選んだ者も少なくないが、その一方、それを許さぬ矜持《きょうじ》から武士の身分に執着し、結果、侍などとは呼べぬ暴漢、卑劣漢に身を落とした者も大勢いる。

浪人となった武士の総数は、五十万人以上ともいわれていた。

征十郎に絡んできたのが、そのうちの三人だ。

「そう見えるかい」征十郎は、彼ら三人を見下ろす位置から、意地の悪い笑みを浮かべた。「そっちは随分と、しょぼくれてるな。ちゃんと飯食ってるか?」

これに浪人たちは、色めき立った。口々に悪態を吐き捨てながら、刀の柄《つか》を握る。周りの通行人が不穏な空気を察してか、征十郎たちから距離を取った。

「よせよせ、こんなところで死んじまったら腰の物に失礼だろうが」男たちの怒気を躱《かわ》すように、征十郎《せいじゅうろう》は掌《てのひら》を払う。言い方は穏やかだが、やり合えば必ずおまえたちが死ぬことになる、と告げているようなものだ。

男たちは口元を歪《ゆが》め、刀の鯉口《こいぐち》を切った。彼等《ら》に最初から、征十郎に斬りかかろうという心積もりがあったかどうかはともかく、この瞬間に心が決まったのは間違いない。

「いま珍しく、征十郎が良いこと言ったわね」

その一触即発のひりつく空気を破ったのは、冷ややかな小夜の声だった。「使い手がそんな調子じゃ、使われるほうもたまったもんじゃないわ」

殺気立っていた男たちは、美女の静かな糾弾に些《いささ》か鼻白んだ様子だった。

「武士の身分にしがみついてる割には、ちょっと矜持《きょうじ》が足りないんじゃないかしら」

彼女は切れ長の目をさらに細め、浪人たちを睨《ね》めつける。「そうでしょ？」最後にそう訊いたのは、彼らにではない。

男たちが、小さな悲鳴を上げた。

いまにも抜き放とうとしていた刀が、小刻みに震え始めたからだ。

それはまるで、小夜の問いかけに応じるかのようだった。

なにかに耳を傾けるように目を閉じていた彼女は、「——矜持どころの話じゃないようね」嫌悪に、顔を歪めた。

「あんたたち、武器も持たない相手ばかり斬ってるじゃない」

それはつまり、彼らが単なる失職者ではなく、殺人者であるという告発だった。

男たちの顔に、凶相が浮かぶ。

彼らは震える鞘《さや》を握り締めて押さえ込むと、刀を引き抜いた。

「混じりもの風情が、武士を愚弄するか」

男たちのひとり、真ん中の一番背の高い男が忌々しげに呟《つぶや》く。

混じりもの、とは獣憑《つ》きに対して使われる蔑称《べっしょう》だ。

大抵の獣憑きは、この挑発に対して激怒するが、小夜は小馬鹿にしたように鼻を鳴らした。

「武《ぶ》、士《しい》？」

唇を尖《とが》らせたあと横に広げ、噛《か》み締めるようにその単語を発音する。「自分の得物すら満足に扱えないへっぽこが、笑わせるんじゃないわよ」

艶《あで》やかな声が紡ぐ嘲弄と罵倒に、浪人たちの顔が憤激に赤くなる。

彼らの殺意が、小夜に殺到した。

最初の一歩を踏み出すために、身体《からだ》がわずかに低くなる。

いずれにせよ、一度、刀を抜いた以上、なんらかの成果がない限りは鞘に納めることはないだろう。

引き下がれば沽券《こけん》に関わるからだ。

「ここは、わたしにお任せを」

ここまで沈黙を貫いていたフィーアがいきなり、進み出た。その唐突な自己主張に、男たちよりも征十郎が面食らう。

「――どうした？」

「わたしは、こういった荒事が専門です」

然《さ》もありなん、と征十郎は思ったものの、口にはしなかった。

「本調子じゃない上に怪我《けが》してるんだ、大人しくしてろよ」

「この程度の相手であれば、問題ありません」

フィーアは、淡々と宣言する。

まさに、火に油を注ぐとはこのことだ。男たちの敵意が一斉に、小夜《さよ》からフィーアへと移動する。

「まあ、そうかもしれんが」

征十郎は、彼女の言葉を否定しない。

そもそも、征十郎たちが確信しているようにフィーアが禍魂を密猟するために運用されていたとすれば、彼女は人間など軽く捻《ひね》り潰すことができるはずだ。

だから、「おまえ、手加減なんてできないだろ」と征十郎が言ったのも当然といえば当然だ。

だが浪人たちは、憤死しかねないほどに目を見開いた。

「手加減、とは？」

フィーアは小首を傾げる。

「手加減ってのは、殺さない程度に叩《たた》きのめすってことだ」

征十郎には、男たちを愚弄する意図はなかった。

しかしここで、男たちの堪忍袋の緒が切れてしまう。

ぐるりと一周回って、殺意が征十郎へと戻ってきた。

怒りの混じった裂帛《れっぱく》の気合いとともに、真ん中の男が征十郎に斬りかかる。

咄嗟《とっさ》に前へ出ようとするフィーアを押し止《とど》め、征十郎は前進した。男は両手で握った刀を振りかぶり、征十郎の肩口めがけて叩きつける。存外、型は様になっていた。征十郎は刀は抜かず、素早く男の側面へ回り込むように身体を捌《さば》く。

刀は空を切り、男は前のめりに姿勢を崩した。

征十郎の手刀はすれ違いざまに、彼の首の後ろを打ち据える。

男は膝から崩れ落ち、地面に顔から倒れ込んだ。その手から刀はこぼれ落ち、俯《うつぶ》せのまま ぴくりとも動かなくなる。

「たとえばこんなふうに、眠らせるとかな」征十郎が得意げにフィーアを見やると、彼女は倒れた男を見下ろして不思議そうに言った。

「永遠に？」

「うん？」

征十郎はフィーアの言わんとしていることがすぐには理解できず、固まっていた。

「首の骨が折れる音、してたじゃない」小夜がつけ加える。「手応えで分からなかったの？」

征十郎は自らの掌を見つめ、それから肩を竦《すく》めた。

「手加減てのは、意外と難しいな」

「──まあ、彼は喜んでるみたいだけどね」

小夜の言う彼、とは、持ち主の手を離れて地面に転がっている刀のことだ。「これ以上、斬るべきじゃないものを斬らなくて済んだから」

「ふむ」征十郎は絶命した浪人の傍らに膝をつき、その肩を軽く叩いた。「なら、天罰だな。地獄で達者にしろよ」

その背に、怒声が当たる。

仲間を殺されて激昂《げきこう》した、小柄なひとりが罵声を浴びせながら突っ込んできた。腰だめにした刀は、征十郎の身体を串刺しにするべく切っ先を輝かせている。

叫び声を上げてしまっては、奇襲にならない。

征十郎は十分、迎撃できる状態だったが、それより早くフィーアが動いた。征十郎と小柄な浪人の間に滑り込むと、腰の後ろに差していた二振りの短剣を引き抜く。男はすぐに、狙いを変えて彼女の腹部めがけて刺突を繰り出してきた。

躱せば、背後の征十郎に切っ先が届く。

フィーアは踏み止まり、左手で握った短剣を突き出しつつ踏み込んでいった。撃ち込まれる刀の切っ先に対し、彼女の短剣は斜め下から弧を描くように絡みつく。

火花と鋼の苦鳴が、撥《は》ね上がった。

浪人の刺突を左の短剣でいなした瞬間、彼の胴はがら空きになり、フィーアはそこへ右の短剣を撃ち込んだ。

最短距離で直進した切っ先は、男の喉笛に突き刺さる。

すぐさま引き抜かれると、開いた傷口から大量の血液が噴出した。その血飛沫《ちしぶき》を浴びながら、彼女の右腕はもう一度、刺突を繰り出す。それは肋骨《ろっこつ》の間をすり抜け、男の心臓へと到達した。

小柄な男は、咄嗟に喉からこぼれ落ちる血を止めようと、刀を放り出して両手を持ち上げる。

しかし心臓が突き破られ、腕を動かす力はすでに残っていなかった。

喉に溢《あふ》れる血に溺れながら、頽《くずお》れる。小刻みに痙攣《けいれん》するその身体は、すぐに動かなくなった。

止めどなく流れ出る血を、地面が吸って黒ずんでいく。

最後に残った男は、踵《きびす》を返して逃げ出した。

すぐさまフィーアが追跡に移ろうとしたが、その手を征十郎が摑《つか》んで引き留める。

「良いのですか？」

「見逃してやるってわけじゃない」征十郎の指先は、逃げる男の前方を指した。

着流しに黒い羽織姿の青年が、立ちはだかっている。征十郎より一回り以上、若いだろう。月代《さかやき》（※4）を剃《そ》って綺麗《きれい》に髷を結い、腰には大小を二本差しにしていた。

そのどちらも、抜いていない。

彼は、抜き身を握りしめたまま駆けてくる男に対し、徒手空拳で身構えた。

浪人は、着流し姿の若者を斬り捨てる、というよりも、逃走経路から排除するつもりで刀を横薙《よこな》ぎにする。踏み込みも甘く、腰も入っていない。青年は低い姿勢で間合いに飛び込み、一閃《いっせん》をかいくぐった。

両手が、浪人の襟元と右手の袖口をそれぞれ摑む。

袖口を引き下げて男の体勢を崩しながら、鋭い蹴りで軸足を払った。

男は宙を舞い、背中から地面に叩きつけられる。

衝撃で押し出された肺の空気が悲鳴と一緒に喉から迸り、そのまま気絶してしまった。

見物人からは、拍手喝采が巻き起こる。

「お見事」小夜が賛辞を送り、フィーアは納得したように頷《うなず》いた。「あれが、手加減というやつですね」

「──うむ。まあな」

歯切れも悪く頷く征十郎に、浪人を投げ飛ばした若者が近づいてくる。彼は、凜《りん》としていながらもまだ幼さの残る面差しに微笑《ほほえ》みを浮かべ、軽く手を挙げた。「征さん、来てくれたんだな」

「おお」征十郎は頷きながら、少しばつが悪そうに笑った。「だが、悪いな。着いて早々、人死にだ」

「気にすることはないよ」青年は、地面の上に横たわる屍《しかばね》を一瞥《いちべつ》して、首を横に振った。「こいつら、手に負えない悪党でさ。さっきのやつも、どうせ縛り首だ」そう言う彼の眼《まな》差《ざ》しは、人好きのする顔にはそぐわないほど冷ややかだった。

彼の名は、須藤虎之助《すどうとらのすけ》──穢土《えど》の町を守る同心のひとりだ。

「やあ、小夜さん」

だが、そう言って一礼する彼の目からは、酷薄な光は消えている。「お変わりなく、元気そうで」

「私はいつでも元気いっぱいよ」

小夜はにこにこと笑いながら、虎之助の頬を軽く叩いた。「虎之助も、相変わらずいい男振りね」

「からかわないでくださいよ」

照れたように笑いながら、しかし彼の目は、フィーアを捉えた瞬間、わずかに鋭くなる。

「征さん、そちらの女性は？」

「わからん」

そんな応《いら》えが返ってくるとは思ってもいなかったのだろう、虎之助は鼻白む。

「わからん、ってなにが？　連れじゃないのかい」

「一応、連れてはいるが、わからんことだらけだよ」

「——ちゃんと説明しなさいよ」

首を傾《かし》げる虎之助をみて、小夜が征十 郎《せいじゅうろう》の背中に掌《てのひら》を打ちつける。

彼は面倒くさそうに髪を掻《か》き、「こいつは、機巧人形《からくり》だ」そして、思い出したようにつけ加える。「禍津神《まがつかみ》に呑《の》まれてたせいか、いろいろ不具合があって記憶がない」

「へぇ、そいつは奇妙なこともあるもんだ」

興味津々、といった体《てい》で、虎之助はまじまじとフィーアを見つめた。

「だから、機左右衛門《きざえもん》に診てもらおうかと思ってな」

征十郎は背中の行李《こうり》を下ろし、その中から手拭いを取り出してフィーアに差し出した。

彼女はそれを見つめたが、受け取ろうとはしない。遠慮しているのではなく、それでなにをすれば良いのか分からないのだ――征十郎はそう判断すると、彼女の手へ強引に手拭いを握らせた。

「顔についた血を拭くんだよ」説明されてようやく、フィーアは求められる行動を理解した。機械的な動きで、返り血を拭い始める。

「あの爺《じい》さんなら、いまは穢土にいないぜ」

返り血に悪戦苦闘している機巧人形を横目に、虎之助が言った。征十郎はそれほど驚くこともなく、ただ少しだけ眉根を寄せた。「まさか、また外に行ったんじゃないだろうな」

この場合の外とは、国外、の意味だ。

「いや、京だ。もう二、三日もすれば戻ってくるさ」虎之助は、その前に、と続けた。

「こっちの仕事、ちゃちゃっと済ませてくれると嬉《うれ》しいね」

「楽な仕事ならな」

征十郎の揶揄《やゆ》に、虎之助はにやりと笑う。彼から依頼される仕事が、楽なわけがないことは征十郎も重々、承知している。だからこそ、お鉢が廻《まわ》ってきたのだ。

気絶した男とふたりの死体は、虎之助の指示で、数人の男たち――御用聞きによって速やかに現場から運ばれていく。「場所を変えよう」後始末を彼らに任せて、虎之助はぶらりと歩き出した。

「ねえ、虎之助」

「なんだい、小夜《さよ》さん」

征十郎たちがいるのは、穢土の目抜き通りだ。広い通りの両側には、酒問屋、八百屋、味噌《みそ》問屋、菓子屋等の食品関係から薬種問屋、書物問屋、小道具問屋、古金屋などさまざまな店舗が軒を連ねている。

穢土の中心に恥じない賑《にぎ》わいに、小夜と虎之助の会話へ耳を傾ける者はいない。

「連中が使ってた刀、ちゃんと扱いなさいよ。〝妖《あやかし》〟になりかけてるから」

「抜かりないさ」

と胸を張ったあと、その表情が厳しくなる。「——あいつら、張孔堂《ちょうこうどう》ってとこに屯《たむろ》ってる連中でね」彼の眼差しに、険が閃《ひらめ》いた。「一応は軍学を学ぶ場所って建前だが、そこを開いた由井《ゆい》ってやつがどうにも胡散臭《うさんくさ》い。爪弾《つまはじ》き者を集めてなにを企《たくら》んでるんだか」

その連中が時折、騒ぎを起こして捕まっているのだが、彼らの扱う得物はいずれも状態が良くない、と虎之助は語った。

長く人に愛され、使い込まれた道具には神が宿る。〝付喪神《つくもがみ》〟だ。

一方、粗末に扱われたり人の邪気に触れ続けたものには、悪霊が憑《つ》く。〝妖〟や〝物の怪《け》〟となり、これは人に災いを齎《もたら》す。

「だから張孔堂の連中は要監視対象なんだが、しょっ引けるのはいつも下っ端ばかりでさ」虎之助は、小さく溜息《ためいき》をついた。「なにかやらかしそうな連中なのに、なかなか尻尾を摑ませなくてね」

「役人ってのも、大変だなあ」

征十郎は気楽に言って、虎之助の肩を叩《たた》いた。「滅私奉公だ、まあがんばれ」

「人ごとだと思って……」

虎之助は小さく肩を落としながら、ふところに手を突っ込んだ。

抜きだした手には、折りたたまれた地図が握られている。

「だけどそう思うんなら、俺の心配事のひとつを速やかに処理してもらおうかな」

地図を受け取った征十郎は、印のついた場所を確認して眉根を寄せた。「また随分と山奥だな」さっき山を下りてきたところだぞ、とぼやく。

「そこの村と、しばらく連絡が取れなくなってる」

征十郎の愚痴を聞き流し、虎之助は言った。

林業を営む小さな村だったが、数週間前から取引が滞っており、問屋が使いを出したのだが、その使いが戻ってこない。それを何度か繰り返したあとに、奉行所（※5）へ話が届いた。

「で、調べにいかせた隠密《おんみつ》も帰ってこない、ってことなんだ」

「山賊かなにかの仕業じゃないのか」

寒村を山賊が襲い、そのまま居座る事例も珍しくはない。

だとすれば出向くべきは隠密でもカガリでもなく、軍だ。

「俺もそう思うんだけどね」

虎之助は、ばつの悪そうな顔で頷く。「だから、その証拠がいるんだ。軍を出さなきゃならない、確固とした、ね」

つまり、現状を確認して生きて戻ってくる者が必要、ということだ。

そして万が一、禍津神の関わる事例だった場合は、そのまま討伐してもらう——だからこその、征十郎という人選だった。

「けち臭いお上だな」

苦笑いして、征十郎は地図を腰の巾着に押し込んだ。

受ける、という意思表示だ。

虎之助は、深々と頭を下げる。

「戻ってきたら、一杯奢《おご》るよ」

「俺が戻ってこないとは考えないのか」

征十郎が冗談でそう言うと、虎之助は少し驚いたように目を見開いたあと、声を上げて笑った。

「考えたこともなかったなあ」

彼はどこか懐かしむように、双眸《そうぼう》を細めた。「征さんは、俺が小さい頃から征さんだから、これからもずっとそのまんまな気がしてたよ」

「確かにねえ」

そう言ったのは、小夜だ。「これからもずっと成長しないのかと思うと、それは人としてどうなんだろうとは思うわ」

「なに言ってる。日々成長してるに決まってるだろ」

征十郎は、口をへの字に曲げた。「男子三日会わざれば刮目《かつもく》して見よ、って言うだろうが」

「三日どころか、三年会わなくてもなにひとつ変わんないわよ、あんたは」

小夜はそう言って肩を竦《すく》めると、踵を返す。「いつになったら、納豆食べられるようになるのかしらね」

そしてそう言い残すと、貸し売りのほうへふらふらと向かう。

「いや、臭いだろうよ」

征十郎の負け惜しみにも似た呟《つぶや》きは、小夜へは届かない。

その、少し小さくなった大きな背中を、虎之助は慰めるように叩いた。

「ま、大変だろうけれどよろしく頼むよ」

「人ごとだと思いやがって……」

征十郎がそうぼやくと、虎之助は満面の笑みを浮かべた。

（※4）……前頭部から頭頂部にかけての、頭髪を剃《そ》りあげた部分の事。
（※5）……役人の詰所の事。

参

乾いた風に乗って届いたのは、死の臭いだった。

細く舗装もされていない山道を進んでいた征十郎は、鼻面に皺《しわ》を寄せる。

「どうも禍津神の仕業ってわけじゃなさそうだな」

「どうしてわかるのですか」

不思議そうに、フィーアが彼を見上げる。

「禍津神に喰《く》われた生き物は、干涸《ひか》らびちゃうからよ」

答えたのは、一番後ろを歩いていた小夜だ。「それはもうから、からからに。こんなふうに腐って臭うなんてことはないわ」

日を遮る高い木立の下では、漂う死臭が身体《からだ》にまとわりつくような気分になる。そのせいか、小夜は不快げに眉根を寄せていた。

「とはいえ、禍津神が関わっていないとは言い切れない」

征十郎は、煙管《きせる》の煙を吸い込んだ。鼻の粘膜にへばりつく腐臭が、わずかに和《やわ》らぐ。

「多くの無念の死が、祈りとなりて神を呼び寄せる――」

煙と一緒に、言葉を吐き出す。「やってくるのは、お呼びでない悪神だがな」

この呟きに、小夜が息を呑《の》んだ。

「まさか」

「珍しいことじゃない。そうだろ？」

征十郎《せいじゅうろう》の口調は穏やかだったが、小夜は押し黙ってしまう。

「それは」

口を開いたのは、フィーアだ。「禍津《まがつ》神《かみ》を喚《よ》び出すために、村人たちを誰かが皆殺しにした、ということですか」

「可能性の話だ」

征十郎は、細い道の先を見据えて目を細めた。「それに、喚び出すってのは実は正しくない。やつらは産まれるんだ」

「誰からですか」

フィーアの素朴な疑問に、征十郎は呟くようにして答える。「人間だ」そして、淡々と続けた。「さっき言ったろう？　祈りが神を、ってな」

「祈りっていっても、よくないほうのだけどね」

小夜が、暗い声音でつけ加える。

「苦しい、辛《つら》い、憎い、恨めしい、殺してやりたい——死にたい」

キ
キ

そう言って小夜は、喉の奥で引きつった笑いを転がした。「そういうどろりとした祈りから産まれるのよ、あの怪物は」

「小夜、おまえ、そういう笑い方はやめろよ」

咥《くわ》えた煙管を上下に揺らしながら、征十郎は言った。「品がないぞ」

「あらあら、ごめん遊ばせ」

口もとを押さえながら、小夜は少し戯《おど》けてみせたが、夕焼け色の瞳の奥には黒い澱《よど》みが揺れていた。

小さく溜息をついた征十郎のその足が、これまでよりも均《なら》された道を踏んだ。

頭上から、日の光が落ちてくる。

視界が広がり、山間《やまあい》にひっそりと存在する集落が姿を現した。

遠巻きに眺める限り、その村は平穏と静寂に包まれている。

だが、一歩、また一歩と村へ近づいていくと、臭いが強くなっていく。

静けさは、安寧《あんねい》ではなく不穏をかき立てた。

ひとりめは、村に入ってすぐの路上だった。

俯《うつぶ》せに倒れているのは、中年の男性だ。

背中を深々と、肩口から斜めに切り裂かれている。全身が赤く染まるほどの出血だ。もがき苦しんだのか、彼の周囲には指で砂を掻《か》いたあとが残り、血飛沫《ちしぶき》が散っている。

　ふたりめは、そのすぐ近く、家の壁にもたれかかった若い女だ。首を一突きにされている。頸骨《けいこつ》が切断されているので、ほぼ即死だろう。

　そこから数歩先に蹲《うずくま》るのは、老婆だ。頭部を縦に割られている。倒れたときにそこからこぼれ落ちたであろう脳が、干からびて散乱していた。

　仰向《あおむ》けに倒れている青年は、その手に鋸《のこぎり》を握っている。悲鳴を聞き、近くにあった仕事道具を武器代わりに摑《つか》んで駆けつけたのだろうか。

　その胸に打ち込まれた鉛の弾は、そんな彼の命を一瞬で奪い取っていた。

「こりゃあ山賊の仕業じゃないな」

　征十郎は足を止め、ぐるりと周囲を見渡した。死体は至るところに転がっている。

「そうなのですか」

　フィーアも同じように状況を確認しているが、その結論には至らなかったらしい。

「殺し方が、巧《うま》すぎる」

　苦しんだかどうかは別として、いずれも一撃で致命傷を与えている。人の殺し方を熟知し、そしてそれを遂行するだけの技量と覚悟があるということだ。

「それに、ほら」

　指差したのは、先ほどの若い女の骸《むくろ》だ。「山賊なら、女は殺さない」

「そうよねえ」

小夜《さよ》が、相槌《あいづち》を打つ。「商品にも楽しみにもなるのに、そんな勿体《もったい》ないことしないわよねえ」

「楽しみ、とは」

フィーアが首を傾《かし》げるのに、小夜が下卑た笑みを浮かべた。

「教えてあげましょうか」

「品がないことはやめろって」

嫌そうな顔をする征十郎を見て、小夜はけたけたと笑う。

死の静けさの中に、それは空虚に響いた。

否、それは新たな死を招き寄せる。

征十郎の耳朶《じだ》を打ったのは、複数の風切り音だ。

なにかが、空を裂いて飛んでくる。

それは真《ま》っ直《す》ぐに、あるいは弧を描いて飛来した。

征十郎は打刀を抜き放ち、死角から直進してきたそれを勘で叩《たた》き落とす。甲高い音に阻まれたそれは、足下の土に突き刺さった。

手裏剣だ。

それを目の端で確認しながら、征十郎は身体を旋回しつつ切っ先を撥《は》ね上げている。後ろから半円を描くようにして肉薄していた十字型の手裏剣を、ひとつ、ふたつと続けざまに払い落とした。

「あら、嫌な予感」

小夜が、手の中の手裏剣——直進してくる柳刃手裏剣を見つめて呟いた。彼女は、自身の喉元に喰らいついてきたそれを素手で摑み取っている。「まあでも、虎之助《とらのすけ》が私たちをはめるわけもないし……」

「結論を急ぐな」

征十郎は、家の陰から現れた男たちを見据えながら、言った。「まずは、平和的に話し合いから始めよう」

「これは明確な敵対行動かと思いますが」

短剣一本で征十郎と同じく三つの手裏剣を捌《さば》いたフィーアは、男たちの位置を確認しながら淡々と言った。「迷えば、不利になります」

「賛成ね」

小夜が、頷《うなず》く。

「きな臭い感じがするけど、殺して埋めれば大丈夫よ」

「おっかない女だな」

苦笑いを浮かべながら、征十郎は足下に突き立った手裏剣を拾い上げた。「多勢に無勢だ、冷静にいこうや」

粗末な麻の着物を着た彼らは一見、この村の住民にしか見えなかった。しかしその動きに隙はなく、眼光は冷ややかで鋭い。

確認できたのは、五人——前後から征十郎たちを挟み込んでいた。

「いきなりこんなのを投げたら危ないだろう」

柳刃手裏剣を指先で振りながら、征十郎は彼らに声をかける。「言っておくが、この村の人間を殺したのは、俺たちじゃないからな」

返答はない。

男たちは無言で着物の中に手を差し入れ、そこに隠してあった短刀を引き抜いた。

「無口な連中だな」

じりじりと間合いを詰めてくる男たちを眺め、征十郎は肩を竦《すく》めた。

そして指先で遊んでいた手裏剣を、いきなり投擲《とうてき》する。

空気を貫く重い音が、男のひとりに激突した。

火花が飛び散り、彼の身体は強く押されたように後ろへよろめく。その肩には、手裏剣が深々と突き立っていた。

狙いは、心臓だった。

猛烈な速度で放たれた手裏剣に対し、それでも男は辛うじて反応する。咄嗟《とっさ》に撥ね上げた短刀で、その軌道をずらしたのだ。

彼はどうにか踏み留《とど》まったが、その喉が驚愕《きょうがく》の呻《うめ》きを漏らした。

すでに征十郎が、間合いに飛び込んできていたからだ。

その突進で剝ぎ取られた編《あ》み笠《がさ》と軍用外套《コート》が、宙に舞う。

打刀の一撃は、上から下へと振り下ろされる。

男は、受けなかった。

短刀でこれを防ごうとしていれば、武器ごと真っ二つにされていただろう。

後方へ大きく跳び退《すさ》り、しかし慌てていたために転倒してしまう。

征十郎は無論、振り下ろした切っ先で地を削りながら前進した。

それを阻んだのは、男の左側にいたひとりだ。細身の彼は、ふたりの間には割って入らず、背後に回り込んで死角から短刀を撃ち込んでくる。

前方に回り込んだのは、右側にいた大柄な青年だ。彼は得物を持たず、征十郎を捕まえて押さえ込むつもりのようだ。

征十郎は追撃をあっさり諦め、自身の動きに急制動をかけた。

止まると同時に、背後の細身の男へ足裏を叩き込む。細身の男は、身を捩《よじ》ってこれを躱《かわ》そうとしたが、脇腹を削られて地面に叩きつけられた。

しかし同時に、征十郎の脹《ふく》ら脛《はぎ》を短刀で刻んでいく。

大柄な男は、そこへ突っ込んでいく。蹴りを放った直後の、軸足一本の不安定な体勢だ。

それでも、刀を握った相手に素手で立ち向かっていくのは相当の胆力がなければ難しい。

時機《タイミング》は完璧だったといえる。

だが、それを征十郎の反応速度が上回った。

刀を振れない間合いに踏み込んできた男に対し、征十郎は自身も刀を手放してその巨軀《きょく》を地面すれすれにまで低くする。

男が伸ばした手は、空を摑む。

征十郎の伸ばした手は、彼の足を摑んでいた。

そこから一気に跳ね起きながら、男の足を高く押し上げる。巨漢の身体《からだ》は、押し込まれて背中から倒れ込んだ。

その胸板を、征十郎が踏み抜く。

胸骨と肋《あばら》がまとめて砕かれ、大柄な男が唸《うな》るような苦鳴をあげた。

しかしその手は、激痛を無視して自分の胸を踏み潰す足を捕らえる。短刀に切りつけられた、足だ。その傷口へ、指先をねじ込んでいく。普通なら、のたうち回るほどの激痛に立っていられなくなる。

そこへ、肩に手裏剣が刺さったままの男が飛びかかってきた。

痛みで対応できない、はずだった。

だが征十郎は、傷口を指で抉《えぐ》られながらも足を振り上げる。その弾みで男の指が傷口をさらに広げるが、お構いなしだ。

そして大柄な男をぶら下げたまま、強引に蹴りを放つ。

激突の音は、肉が潰れて骨の折れる響きだ。

ふたりの身体は、絡み合ったまま宙を舞う。

それが落下するより早く、脇を蹴りつけられた細身の男が征十郎《せいじゅうろう》の背後から音もなく肉迫してきた。

征十郎は、爪先で落とした刀を引っかける。

浮き上がったその柄《つか》を摑みながら、しかし背後を振り返ろうとしない。

逆手に握り、脇を掠《かす》めるようにして後ろへ切っ先を送り込んだ。

この迎撃を、細身の男は回避しきれなかった。軸足で地を蹴って刺突から逃れようとしたが、撃ち込まれる切っ先のほうが早い。

大腿部《だいたいぶ》を、抉るように突き刺す。大腿筋を貫き、大腿骨を砕きながら裏側へと抜けた。

刀身で空中に縫い止められたその男は、傷口を抉られながら転倒し側頭部から地面に落下する。

征十郎は、空いた手で脇差しの柄を握った。

引き抜き、倒れた男の頸部《けいぶ》へ叩きつけようとする。

それを阻んだのは、風切り音だ。

頭上から弧を描いて飛来する十字手裏剣を、脇差しでふたつ、みっつと叩き落とす。

その隙に、大腿部から強引に刀身を抜き、細身の男は転がるようにして間合いの外へと逃げていく。征十郎は無論、それを追おうとしたが、新たな男たちが出現したのを見て動きを止めた。

小夜たちを、確認する。

彼女は征十郎とほぼ同時に、突撃していた。

狙いは、細目の男だ。

竜胆《りんどう》の着物の裾をなびかせて疾走する彼女は、どこか肉食獣を彷彿《ほうふつ》とさせる。

細めの男は、待たなかった。自らも低い姿勢で、飛び出してくる。彼の得物も、ふところに隠せる長さの短刀だ。

それに怯《ひる》まず飛び込んでいく小夜に対し、男は短刀を繰り出してきた。目眩《めくら》ましの効果も考えたのか、顔面へ撃ち込んでくる。

その彼の視界を流れたのは、竜胆の青だ。

男は、自身の先手に対し、小夜が躱すか防ぐかの反応を想定していた。

しかし、ひるがえる袖が突き手に巻きついてくることは想定外だった。

搦《から》め捕られてしまう前に腕を戻しつつ、視界を塞ぐ青から逃れるべく身体を旋回させせながら横手に回り込む。

そして、小夜の脇腹めがけて突き込んでいった。

その手を、摑《つか》まれる。

男の喉が、わずかに驚愕の声を漏らした。

しかし、彼の動きは止まらない。

小夜の握力は、人間の腕を握り潰すことができる。それを瞬時に判断したのか、振り解《ほど》こうとはせずにさらに踏み込んできた。

握っていた短刀を手放し、それを逆の手で摑みながら切り込んでくる。

しかし、その刃の向こう側に彼女はいない。

高々と跳び上がっていたのだ。

男の腕はねじり上げられ、前腕の尺骨《しやっこつ》と橈骨《とうこつ》が肘関節ごと粉砕される。激痛で気を失ってもおかしくないが、彼は自身の腕を摑む小夜の腕に切りつけた。

小夜は咄嗟に手を離していたが、切っ先は手首を斜めに削り取り、血が飛沫《しぶ》く。

それは男の顔――目のあたりに付着し、すると彼は悲鳴を上げて仰《の》け反《ぞ》った。

その側頭部に、小夜の膝が撃ち込まれる。着物の裾が乱れて白い肌が露《あら》わになるが、彼女は気にする様子もない。

頭部への打撃に、細目の男は大きくよろめいた。着地した小夜は、その膝を狙う。四《よ》つん這《ば》いの姿勢から、一気に飛びかかった。

鋭い獣の爪が、男の膝を抉る。膝蓋骨《しつがいこつ》を砕き靭帯《じんたい》を切断する一撃に、男の身体は完全に均衡《バランス》を崩した。

小夜《さよ》は追撃に、男の首筋――頸動脈《けいどうみゃく》を狙う。

それを視認したわけではない。

だが男は、頽《くずお》れる身体を腕一本で支え、その腕の力で大きく跳ねた。小夜の爪は、彼の肩の肉を削《そ》ぎ落とすに留まる。

彼女は、跳ねる男のふところへ瞬きの間にもぐり込んだ。

男は短刀を取り落としていたが、迫る小夜に対して親指と人差し指で輪っかを作り、口もとに持って行く。

その胸が異様に膨らんだかと思った次の瞬間、小夜の視界を炎が埋め尽くした。

熱が、彼女の肌を炙《あぶ》る。

悲鳴と罵声混じりの声を上げて、小夜は飛び退った。「これ、買ったばっかり！」そう怒鳴りながらも、彼女は、背後から接近するものの気配を認識している。

振り返りざま、頭上から急降下してくる十字手裏剣と喉めがけて撃ち込まれた十字手裏剣を両手で摑み取った。

その回転を利用して着物についた火を搔《か》き消しながら、細めの男が大きく間合いを取るのを確認して舌打ちする。

そして、傍らのフィーアに目を馳《は》せた。

フィーアは、飛び出す小夜とは違い、相手の接近を待ち受けた。右手に短剣を握っている。

肉薄してくる小柄な男は、だらりと下がったフィーアの左腕を使えないものと判断したようだ。間合いに踏み込む寸前、彼女の左側へと回り込む。

フィーアの反応は、素早い。

左側面から接近してくる男に対し、左足を撥《は》ね上げる。彼女の腎臓付近を狙って突き込まれる短刀の、それを摑む男の手を狙う一撃だ。

彼は短刀を持つ手を素早く引きながら、身体を低くして地面の上を滑る。蹴り上げた足をかいくぐり、フィーアの股下へと飛び込んだ。

短刀の刃が、軸足の大腿部を狙う。その軌道の先にあるのは、人間ならば大腿動脈だ。傷つけられれば大量出血し、止血が遅れれば失血死は免れない。

無論、機巧《からくり》人形であるフィーアに血管はないが、ほぼ同じ位置に人工神経繊維がある。これが切断されると、人工知能からの命令が途絶え、その部位は動かなくなってしまう。

低い位置から繰り出される斬撃に対し、フィーアは跳躍した。

だが男にとって、その回避は予測の範疇《はんちゅう》だったのだろう。短刀で空を切りつつも、すぐさま地を蹴って空中の彼女を追尾する。

その目がわずかに見開かれたのは、自分に向けられた銃口を目にしたからだ。

フィーアは跳ぶ寸前、短剣を銃に持ち替えていた。

眼下の敵に、彼女は容赦なく弾丸を撃ち込んだ。

銃声は三発、連なって轟《とどろ》く。

もしも男が怯んでいたら、それが故に跳躍が遅れていたならば、鉛の弾は彼の顔面を破壊していただろう。

フィーアは三発しか撃たなかったのではなく、撃てなかったのだ。

両手で頭部を守りながら、小柄な男は猛然と地を蹴った。

一発目は左の前腕に当たり、尺骨を砕いて軌道を変えながら貫通する。二発目は、こめかみを抉った。肉を削り取り頭骨に罅《ひび》を入れたが、脳に直接的な被害《ダメージ》を与えることはできない。

そして三発目を撃ったその瞬間には、男の身体がフィーアのふところ深くに到達していた。放たれた弾丸は地面を穿《うが》ち、短刀の切っ先が彼女の乳房の下辺りに突き込まれる。

その切っ先が目指すのは、人間であれば心臓に当たる器官——動力炉だ。

だが、届かない。

それより早く、銃把が彼の側頭部——銃弾が抉ったその場所を、殴打したのだ。割れた頭蓋が陥没し、脳に損傷を与える——はずだったが、男は寸前、銃把を掌《てのひら》で受け止めていた。

衝撃で横倒しになりながら地面に叩《たた》きつけられる男は、それでも短刀の柄を離さなかった。刃はフィーアの皮膚を斜めに裂き、白い潤滑油を噴出させる。

だが痛覚のない機巧人形にとって、動作に問題がない限り攻撃に遅滞は発生しない。

倒れた男へ、落下しながら長靴の踵《かかと》を踏み下ろす。

度重なる打撃で、男は脳震盪《のうしんとう》を起こしていた。

躱《かわ》せるはずがない。

しかし、フィーアの踵は地面を踏み潰す。

男の腕が、彼女の脹《ふく》ら脛《はぎ》を痛打して軌道を変えたのだ。その威力に、彼女の身体が大きく泳ぐ。

その顔面へ、跳ね起きる男の足裏が迫った。

彼女は、躱さない。

その足に沿うように伸ばした腕の先で、銃の引き金を引いた。

顔面に強烈な打撃を受けて仰け反るフィーアの足下で、小柄な男の身体が着弾の衝撃に跳ねる。二発、撃ち込まれた弾丸は、彼の胸部を痛打していた。

だがそれでも、彼は跳ね起きる。二、三歩、後ろへよろめいたフィーアへ、猛然と間合いを詰めた。

仰け反ったままのフィーアの手が、銃を放り投げる。

男は瞬間、その意図を図りかねた。

短刀の刺突に生じた逡巡《しゅんじゅん》は、秒にも満たない。

フィーアはその間隙で上体を引き戻し、空いた手で短剣を引き抜きながら前進した。

切っ先は、男の喉元へと突き進む。

肉を貫く手応えは、しかし、首を刺し貫いたからではない。

短剣が貫通したのは、男の掌だ。

男は掌で短剣を受け止め、そして同時に、短刀の切っ先でフィーアの心臓部分を狙ってきた。

彼女は躊躇《ちゅうちょ》なく短剣を手放し、その手で向かってくる男の腕を押し出すように払いのける。刃は乳房を撫《な》で斬りながら肩口へ抜け、買ったばかりの羽織を切断した。

フィーアは一歩も下がらず、そのまま踏み込んでいく。

掌を撃ち込んだのは、男の手に刺さったままの短剣の柄頭《つかがしら》だ。彼の腕ごと、切っ先を押し込んでいく。

彼は、逆らわなかった。

そのまま押されるままに後退し、短剣の切っ先が喉に刺さるより早く、大きく跳んで距離を取る。フィーアは当然それを追うが、その前進を阻んだのは手裏剣だ。

それを、男の血に濡《ぬ》れる短剣で弾《はじ》き飛ばしたフィーアは、周囲に視線を巡らせて確認する。ほぼ同時に、征十 郎《せいじゅうろう》と小夜も、頭上から投擲《とうてき》された手裏剣で行動を阻まれていた。

そして、ひとりも仕留められないままに、敵の数だけが増えた。

「──おまえら、伊賀《いが》組の忍《しのび》だな」

征十郎は脇差しを鞘《さや》に納め、右手に打刀を引っ提げたまま誰にともなく言った。「おかしいな。俺たちもお上の仕事でやってきたんだが」

これに男たちは、反応しない。

負傷した最初の五人が後ろに下がり、新しく現れた四人が、征十郎たちを囲む。五人めは、家の屋根の上だ。征十郎たちを手裏剣で狙ったのは、彼だろう。

「返事ぐらいしなさいよねえ」

小夜が、忌々しげに唇を歪《ゆが》めた。「愛想がないから嫌いなのよね、こいつら」

「愛想がいいやつもいるぞ、ほら、半蔵《はんぞう》とか」

征十郎は視線で男たちを牽制《けんせい》しつつ、有利な立ち位置を探す。まだこれ以上に敵の数が増える可能性を鑑みれば、この場からの脱出を優先させる状況もあり得た。

「あれはただの変態──って、あんたの知り合い、そんなのばかりね」

小夜はいつも通りの足取りで、征十郎に近づいていく。

彼女の動きを阻もうとしたのは、面長のひとりだ。やはり、三人を分断したい意図があるのだろう。

小夜は抗《あらが》うでもなく足を止め、猫のように牙を剝《む》いて威嚇した。

「こいつら皆殺しにしたら、あの変態、どんな顔するかしらね……！」

「また怖い顔になってるぞ」

征十郎は苦笑いし、視線を屋根の上のひとりに定めると打刀の切っ先を彼に向けた。

「で、実際のところどうだろうな。そっちが先に仕掛けてきたんだ。手打ちにするなら、せめて半分は死んでもらおうか」

「全員殺して、埋めるって言ったでしょ」

小夜が、双眸《そうぼう》を爛々《らんらん》と輝かせた。「甘やかすと碌《ろく》なことにならないわよ、この手の連中は」

「まあ、それも一理ある」

征十郎は、負傷した男たちのひとり——小夜の血を浴びて目を潰された男を見やる。皮膚と眼球は、硫酸でもかけられたかの如《ごと》く焼け爛《ただ》れていた。

治療には高位の神官による祈禱《きとう》が必要だが、おそらくそこまで持たないだろう。

「目撃者もいることだし、そうしよう」

征十郎の仕方なさそうな一言に、屋根の上の男が動いた。

ふところから取り出したのは、炮烙玉《ほうらくだま》だ。征十郎が使うのは自家製のものだが、官給品はそれよりも爆発力が高い。しかもその大きさは、二倍近くある。

「あちらさんも、やる気のようだしな」

まさか、仲間ごと爆破はしないだろう、とは征十郎は考えない。状況によっては、それをためらうようなことがない連中だと知っている。

最初に仕留めたいところだが、そう簡単にはやらせてくれないだろう――そう思案していると、男は火打ち石を取り出した。

初手で、使うつもりか。

征十郎が身構えると同時に、男たちが一斉に動いた。

屋根の男は、火打ち石で火をつけ、それをいつでも導火線に移せる態勢だ。

「小夜、上のやつは――」おまえに任せる、と征十郎は言おうとした。

遮ったのは、空を貫く鋭い音だ。

それは肉を穿つ鈍い音に、骨を砕く乾いた響きを重ねた。

屋根の上にいる男の身体《からだ》から力が抜け、その手は炮烙玉の導火線に火をつけたものの、投擲するほどの力は残されていない。

その首を左右に貫いているのは、一本の矢だ。

彼はそのまま崩れ落ち、炮烙玉は掌から転がり落ちた。

数秒後には、爆発する。

征十郎は、前進した。

一番近くにいた男へ猛然と突き進み、打刀を横薙《よこな》ぎに叩きつける。炮烙玉に意識が取られたその一瞬が、彼にとっての命取りになった。

刃は胴を半ばまで切断し、背骨を砕きながら腹へと抜ける。大きく開いた腹部の傷口から、腸《はらわた》が勢いよく飛び出した。

男は崩れ落ち、しかしその手はそれでも、握っていた短刀を振りかぶる。投擲しようとしたのか切りつけようとしたのかは、わからない。

さらに踏み込んだ征十郎が、その腕を肘から斬り飛ばしたからだ。

その手が空中で舞う中、男がふたり、左右から押し寄せてくる。もはや隙は感じられない。

征十郎は、渾身《こんしん》の斬撃を右手の男へ振り下ろした。

躱す、と予測していた。

短刀で受けきれる一撃でないことは、手練《てだ》れの男ならば瞬時に判断する、そう考えたからだ。

事実、男は紙一重で躱し、そのまま征十郎の右側面へ回り込もうとした。

征十郎は空振りした刀をぴたりと静止させ、肩から男へとぶつかっていく。それは、左手の男が突き出してきた短刀の切っ先を躱す動きでもあった。

征十郎と男はもみ合って倒れたが、その瞬間だった。

炮烙玉が爆発する。

火薬の炸裂《さくれつ》する轟音《ごうおん》が、爆風とともに征十郎たちを打ち据えた。

藁《わら》でできた屋根は燃焼しながら弾け飛び、土壁は木っ端微塵《こっぱみじん》に砕け散る。

衝撃波で吹き飛んでいく彼らの身体は、地面に激突しても止まらない。炎の熱で炙《あぶ》られながら、独楽《こま》のように回転する。

目まぐるしく跳ね回る視界だったが、征十郎は男たちの位置を正確に把握していた。

爆発の勢力圏外へと弾き飛ばされたところで跳ね起き、猩々緋《しょうじょうひ》の小袖が燃え上がったままに男へ飛びかかる。

彼もまた、征十郎の位置を見失ってはいなかった。

だが、立ち上がるのにわずかの時間を要してしまう。爆発が、その内臓に損害を与えていたのだ。腸《はらわた》の出血が、その激痛が、男の脳の働きを阻害してしまった。

彼には、見えていた。

しかし、今度は躱せない。

やむなく、打刀の軌道上へ短刀を持ち上げたものの、それは、最初に回避を選んだ判断の正しさを証明することになった。

短刀は、打刀の勢いをほんの少し、削ったに過ぎない。

そのまま刃は彼の頭蓋を粉砕し、顔面を縦に断ち割った。

刀身は遂《つい》には心臓にまで到達し、これを切り裂いたところでようやく止まる。

凄《すさ》まじい勢いで鮮血が噴出し、その勢いに押されるかのように彼の身体が激しく痙攣《けいれん》した。

この隙を、彼らが逃すはずはない。

仲間の血を全身に浴びながら、間合いへ飛び込んできた。

征十郎は打刀を手放し、脇差しを引き抜きながら前進する。

躱すか受けるか、そのどちらかを征十郎が選択すると予測していたのか、男の足取りにかすかな乱れがあった。

打刀より刀身の短い脇差しとはいえ、それと相対するならば、自身は相手より深く踏み込んでいく必要がある。

踏み込みが足りなかったのは、その乱れのせいか。

突き出される脇差しの切っ先が、先に男へ到達する。

別の男がそこへ飛び込んでこなければ、確実に心臓を貫いていただろう。

横合いから刀身を足蹴にされ、軌道は大きく逸《そ》れた。

と同時に、体勢が崩される。

傾いた視界の中で、刺殺するはずだった男が最後の間合いを踏破してきた。

その喉から、なにかが飛び出す。

鏃《やじり》だ。

彼は驚愕《きょうがく》に目を見開き、そのまま征十郎の傍らをよろめきながら通り過ぎていく。

そして一旦は振り向き、短刀の切っ先を向けようとしたが果たせなかった。そのまま膝から崩れ落ち、前のめりに倒れて絶命する。

征十郎はそれを、見届けていない。

刀を蹴りつけた男と、対峙《たいじ》していたからだ。

だが明らかに、その男は気が削《そ》がれていた。

辺りには、黒煙と粉塵《ふんじん》が充満している。数間も離れれば視認が難しいこの状況で、遠方から人間の喉を射貫《いぬ》くのは至難の業だ。

しかしそれを成し遂げた射手が、いまもどこかにいる。

いつ、自分の首に矢が突き立ってもおかしくはない。

それは決して死の恐怖ではなく、自身の任を果たせないことへの焦慮《しょうりょ》だった。

征十郎は、死体に斬り込んだままだった打刀の柄《つか》に手を伸ばす。

誘いだ。

冷静だったならば、彼は気づいたかもしれない。

背後から音もなく近づいてくる、その気配に。

だが男は、主力武器を取り戻そうとする征十郎の動きをなんとしてでも阻止しようと動いた。

そこを背後から、小夜《さよ》が急襲する。

鋭い爪が、後頭部を深々と削り取った。

この一撃で、男の小脳が破壊される。

彼は突然、全身が硬直し、その場に倒れ込んだ。そして四肢が、あらぬ方向へ意味もなく動き出す。

征十郎は、素早く脇差しで男の脳を串刺しにして止《とど》めを刺した。

「フィーアはどこだ」

「あっちのほう」

小夜が指差すが、征十郎にはなにも見えない。しかし脇差しについた血と脳漿《のうしょう》を振り落として鞘に納めると、そちらへ駆け出した。

すぐに、音が届く。

鋼の打ち合う音だ。

フィーアは、三人に囲まれている。辛うじて捌《さば》いていたが、さすがに片手では限界があった。明らかに劣勢だ。

しかもその腹部を、鎌が刺し貫いている。屋外に放置されていたものが、爆風で飛ばされたのだろう。

人間なら激痛で動くことすらできないだろうが、機巧人形《からくり》である彼女は動作に支障があるだけで昏倒《こんとう》することなどない。

しかし、動きが精彩を欠く原因にはなっていた。

征十郎《せいじゅうろう》は黒煙を突き破り、彼らの眼前に飛び込んでいく。その接近を察していた男たちは、ふたりがこちらに向き直った。

そのうちのひとりが、親指と人差し指で輪っかを作り、口の前に持って行く。

その胸部が大きく膨れ上がり、大量の酸素を取り込んでいた。

彼の肺は、機巧製だ。

吸い込んだ酸素を、可燃性のガスに変換する。そして吹き出す際、指先に装着した火打ち石で着火するのだ。

機巧忍法《からくりにんぽう》、と呼ばれる伊賀《いが》組の秘技のひとつである。

征十郎は走りながら、火のついた小袖を脱いで打刀に巻きつけた。そして、全身を弓のように撓《しな》らせて投擲《とうてき》する。

粉塵を貫いて撃ち込まれた打刀は、男の膨らんだ胸部に突き刺さり、肋骨《ろっこつ》を砕いて肺を貫通した。

傷口から、可燃性ガスが噴き出す。

彼の喉が、短い呻《うめ》き声《ごえ》を漏らした。

それは、痛みのためではない。

引火する。

打刀に巻きつけた小袖の火が、噴き出したガスを辿《たど》って男の肺の中へと吸い込まれていった。

男の身体が、さらに膨れ上がる。

体内で生じた炎が、大量のガスを喰《く》らいながら膨張したのだ。その凄まじい衝撃に、彼の肉体は耐えきれなかった。

その喉から、気管を灼《や》きつつ炎が噴き出したと見えた途端、内側から破裂する。

肉と臓物が、血煙とともに辺りにばらまかれた。

すぐ側《そば》にいた仲間の男は、噴き出す炎と衝撃波に打ち倒される。

征十郎は、小夜を見た。彼女は小さく、頷《うなず》く。それを確認もせず、倒れた男の傍らを駆け抜けた。

フィーアを追い込んでいた男へと、肉迫する。

彼は、突進してくる征十郎の存在を認識していた。仲間が爆発したのも、視界の隅で捉えている。

いまにもフィーアに突き込もうとしていた短刀を引きながら、男は距離を取ろうとした。

数の上で劣勢になる、と判断したのか、後退に迷いがない。

だが、ただでは退《さ》がらない。

ふところから取り出したのは、炮烙玉《ほうらくだま》だ。

すでに征十郎は、間合いに踏み込んでいる。火打ち石を使う猶予はない。

しかし、火種はそこら中にあった。

征十郎は、忌々しげに舌打ちする。

男は炮烙玉を投げるのではなく、足下に落とした。

木片が、燃えている。

炮烙玉か、男か——二択を強《し》いられた。

征十郎は、強引に一択へ変えてしまう。

導火線に火がついた炮烙玉を、蹴りつけたのだ。

それは黒煙に紛れて退いていく男の胴を、直撃した。身体《からだ》がくの字に折れ曲がり、蹈鞴《たたら》を踏んで家の土壁に背中から激突する。その喉が血を吐き出したのを見ると、どうやら胃が破裂したようだ。

しかし彼の腕は、地面に落ちた炮烙玉を摑《つか》もうとする。まだ、投げ返そうという気概が残っているらしい。

反応したのは、フィーアだ。

彼女は、自分の腹に突き刺さっていた鎌を乱暴に引き抜くや、男めがけて投擲する。空を切り裂いて回転する鎌は、炮烙玉を拾おうとしていた男の腕に突き刺さり、そのまま背後の土壁に縫いつけた。

彼はそれを抜き取る時間がないと判断したのか、征十郎同様に足で蹴り飛ばそうと足搔《あが》く。

しかし、わずかに届かない。

火に侵食される導火線が、炮烙玉の内部へと消えていく。

征十郎とフィーアは、その場に伏せた。

無念の呻き声は、火薬の雄叫《おたけ》びに搔《か》き消される。

男の身体は、爆発の衝撃で土壁にめり込み、そして壁ごと粉砕された。四散した肉体が、爆風に乗って倒壊する家屋とともに炎に呑《の》み込まれていく。

征十郎たちは、地面の上をなすすべもなく吹っ飛ばされていた。

その上へ、土塊《つちくれ》が大量に降りかかる。

悲鳴まじりの罵声は、小夜だ。

「もう、本当になんなのよ」

憤激する彼女の振り袖は火に灼かれ、爆発の衝撃で引き裂かれ、泥まみれだ。さすがに征十郎も、そのさまをからかう気にはなれなかった。

「逃げたやつはいないな？」

小夜の足下には、彼女に任せた男が俯《うつぶ》せに倒れている。俯せだが、顔は天を仰いでいた。

「多分、大丈夫」

小夜の頭の上に突き出た耳が、小刻みに動く。「死んだか、動けないやつしかいないわ」

「まあ、逃げたやつがいたらあいつが始末してるか」

征十郎は、黒煙が立ちこめるほうへ視線を向ける。

そこから、人影が現れた。

旅装束の、男だ。

手には弓を握り、腰には矢筒を提げている。長い髪を編んで背中に垂らした彼の姿は、あまりに異様だった。

一切、肌を露《あら》わにしていない。

着物の袖から伸びた手はもとより、襟からのぞく首もとと、その顔のすべてが包帯で覆われていた。

「自分の失態を俺に押しつけるな」

彼の声は、しかしその奇妙な姿からは想像しがたいほどに美しく凛《りん》と耳朶《じだ》を打った。

「逃げられて困るようなら、もう少し考えて動け」

「相変わらず手厳しいな、与一《よいち》」

征十郎は苦笑いしながら、彼に背を向ける。向かうのは、まだ息のある男のほうだ。大《だい》腿部《たいぶ》からの出血がひどく、炮烙玉の爆破を間近で浴びたのか、内臓の損傷で動けなくなっていた。

彼は、自身の末路を覚悟しているようだった。近づいてくる征十郎に、命乞いをしようともしない。

「おまえらは昔っから変わらないな」

そんな男を見下ろし、征十郎は嘆息する。「人生もっと楽しめよ」

無論、男はこれに返事をしない。

征十郎も、自嘲の笑みを浮かべた。

「いまさら言うことじゃなかったな。すまん」

そして、男の首を斬り飛ばす。

そうして彼ら――伊賀組の忍――を尽《ことごと》く絶命させた征十郎は、少し疲れたような顔で打刀を鞘《さや》に納めた。

「禍魂《まがたま》はあったか」

そこへ与一が、ごまかしは許さない、といわんばかりの強い語気で問いかける。

「それが目的か?」

征十郎はそう訊《き》き返したあと、「いや、それ以外にはないか」と独りごちて肩を竦《すく》めた。

「こいつらは持ってないと思うがな」

そう言って、軍用外套《コート》と編《あ》み笠《がさ》を拾い上げる。

「ここいらで禍津神《まがつかみ》の出現情報があった」

与一は、包帯の合間から覗《のぞ》く双眸《そうぼう》を炯々《けいけい》と輝かせた。周りに転がる忍の屍《しかばね》を、視線でひと撫《な》でする。「こいつらが、討伐したとは考えにくい」

「いやいや、待て待て」

征十郎は、与一の不穏な雰囲気に慌てて手を振った。「俺が独り占めになんてしてないぞ?」

「どうだかな」

与一は、矢筒に収められた矢へと指先を伸ばす。

同時にフィーアの拳銃が、後ろから与一に向けられた。

「——異国の機巧か」

銃口を向けられても怯《ひる》まず、彼は小さく嗤《わら》った。「相変わらず、趣味が悪いのを連れているな」

「それはもしかして、私への当てつけかしら」

小夜が、憎々しげに口を挟む。

彼女に向けられた与一の眼差《まなざ》しは、冷ややかで毒々しい。

「他にどんな意味がある」

「ないわね」

小夜《さよ》が牙を剝《む》き、威嚇の鋭い呼気を吐く。

与一はゆっくりと、挑発するかの如《ごと》く矢筒から矢を引き抜き始めた。

その後頭部に、フィーアの銃口が当たる。

「攻撃の許可を」

淡々とした彼女の要請に、征十郎《せいじゅうろう》は「よせ、よせ」とどこかうんざりした顔で首を横に振った。

「それ以上、壊れたら、また担いで山を下りなくちゃならん。勘弁してくれ」

フィーアが握った銃を掌《てのひら》で押さえ、無理矢理、下げさせる。

「おまえらも、どうして会うたびにそう喧嘩《けんか》をするかね。子どもじゃあるまいし」

そして睨《にら》み合うふたりを揶揄《やゆ》するが、当のふたりは聞いていない様子だ。

埒《らち》があかない、と判断したのか。

征十郎は有無を言わさず、小夜の身体を担ぎ上げた。

「ちょっと!?」

「焦臭《きなくさ》いから、急いで帰るぞ」

逆さまの状態で征十郎の背中を拳で叩《たた》く小夜が、その一言に眉根を寄せた。

「伊賀《いが》組のこと？」

「村人の殺されかたが、ちょっとな」

その言葉に、与一が周りの遺体に目を馳《は》せる。

小さく、頷いた。

「やつらは銃を使わない」

「偽装工作かもしれんがな」

そう言いながらも、征十郎の顔には渋い表情が浮かんでいる。

与一は、その横顔を一瞥《いちべつ》して呟《つぶや》いた。

「幕府のお墨つきで、異人が神狩りか」

「御法度どころの話じゃないわね」

小夜はフィーアを横目にするが、その美しい横顔からなんらかの感情を読み取ることはできない。

「――虎之助《とらのすけ》が気がかりだ」

征十郎の呟きに、小夜が声を上げる。「まさか」

それには応えず、征十郎は小夜を担いだまま歩き始めた。

「俺なら、穢土《えど》には帰らないがね」

その背中に、与一の静かな声が当たる。言葉どおり、彼はついてくる気はなさそうだ。

「どうなってもしらんぞ」

「どうにかなったら、助けてくれよな」

征十郎が振り返って手を振ると、与一は双眸を細めた。応《いら》えはない。彼は無言で、踵《きびす》を返した。

「助けてくれるわけないでしょ」

小夜はそう言ったが、征十郎は「さっきは助けてくれたろうが」と、彼を庇《かば》った。

「目的は禍魂だったけどね」

小夜は、取りつく島もない。

征十郎は、苦笑いする。

「だから、利害が一致すれば、味方してくれるさ」

「それって、場合によっちゃ敵になるってことじゃない」

小夜が指摘すると、征十郎は口の中だけで曖昧に反論する。

「というかさ、これまでも何回か、あいつに弓を引かれてるわよね。そのまんまの意味で」

刺さるような鋭い口調に、征十郎は言葉もない。小夜は肘で彼の後頭部を強打すると、その勢いで肩の上から飛び降りた。

「そんなやつを信用するほうが、どうかしてるのよ」

「——ああ、なるほど」

ずれた編み笠を直しながら、征十郎は急に合点がいったような顔をした。

「だからおまえたち、あんなに仲が悪いのか」

これには小夜も、言葉がなかった。

その代わりに、思い切り彼の尻を蹴り飛ばす。

「急ぐんでしょ、走れ！」

「なんなんだよ?」

激昂《げきこう》する小夜の心情がわからず、征十郎は目を白黒させながら、駆け出していた。

肆

伊佐惟哉《いさただちか》だ。


「罪状はなによ!?」

小夜の怒声が、与力番所（※6）に響き渡る。

何事か、とのぞき込む同心に手を振って下がらせたのは、この執務部屋の主、伊佐惟哉《いさただちか》だ。

齢《よわい》四十を数える惟哉は、虎之助同様に古い馴染《なじ》みだった。

さもなくば、流れ者であるカガリが与力に直談判《じかだんぱん》などできるはずもない。

「まあ落ち着け、小夜どの」

「上司のくせに、なにぼさっとしてたの!?」

宥《なだ》める惟哉に、小夜は噛《か》みつかんばかりに詰め寄った。

彼は助けてくれ、と征十郎に目配せする。

征十郎は、小夜の肩を軽く叩いた。

「惟哉にもどうしようもないことだってある」

「じゃあ、奉行のところにいきましょうよ」

言うや否や、彼女は与力番所を出て行こうとする。その手を摑《つか》んで引き留める征十郎を、彼女はじろりと睨《ね》めつけた。

「なにもしないで、虎之助がお白州に引きずり出されるのを眺める気？」

「気が早い」

憤る小夜に対し、征十郎は落ち着き払って言った。「その気になれば、お白州を赤く染めたっていいんだ。先走る必要はない」

「役人の前で、滅多なことを言うんじゃないよ」

惟哉が苦笑いしながら釘《くぎ》を刺すが、それが決して大法螺《おおぼら》などではないことを彼は知っている。

「それに、投獄されたとはいえ取り調べをする様子はない。おそらくは牽制《けんせい》だろうからな」

「誰に対してよ」

「俺たちだろうな」

征十郎は溜息《ためいき》をつき、面倒くさそうに頭を掻《か》いた。「余計なことはするな、って警告だよ」

「んで、それに従うつもり？」

険のある目つきで見上げてくる小夜に、征十郎は「まさか」と笑う。「だけどな、殴る場所と順番は間違っちゃ駄目なんだ」

「偉そうに」

小夜は、苛立《いらだ》たしげに舌打ちする。「じゃあ、どこから殴るつもりなのよ」

問われた征十郎は、惟哉を見やる。彼は両手を広げて、「なにもしなけりゃあ、それですむ話だぞ?」そう言ってから、諦観の息を吐く。「そうはならんのだろうがね」

「すまないな」

悪びれもなくそういう征十郎に、惟哉は、机を指先で軽く叩いた。「そう思うんなら、せめて手土産のひとつでも持参しろ」

「袖の下? 腐敗してるわねえ」

軽蔑の眼差しを向ける小夜だったが、惟哉はにやりと笑う。

「政《まつりごと》ってのはそういうもんよ」

「はっ、下っ端小役人が」

毒のある小夜の言葉にも、惟哉は笑顔を崩さない。

「なにか情報があるのか?」

探りを入れると、惟哉の笑みが深くなった。その指がもう一度、机の上で踊る。征十郎は不承不承、といった体《てい》で財布を取り出した。

「おまえさんは話が早くて助かる」

受け取った貨幣を文字通り袖の下に納めながら、惟哉は続けた。「東印度《インド》会社ってのを当たれ」

「――阿蘭陀《オランダ》の企業だったか」

惟哉は、頷《うなず》く。

東印度会社は、十七人会と呼ばれる、その名のとおり十七人の重役たちによって意思決定がなされ、運営されていた。

そのうちのひとり、アーチボルド・ホープが来日し、幕府関係者と頻繁に会合を持っているという。

「そんなに怪しいかね」

懐疑的な征十郎に、惟哉はまあ聞け、とばかりに手を上下に軽く振った。

「最近、その東印度会社から格安で武器を買い取っててな。あれだけ安いと利益なんか出ないと思うんだが、じゃあ他になにで補塡してるのかって話よ」

「神狩りか」

一応、筋は通るな、と征十郎は頷く。

「なに、その会社を叩き潰せばいいってこと？」

「なら、阿蘭陀まで船で行かないとな。長旅だぞ」

茶化す征十郎の足を、小夜は無言で蹴っ飛ばす。

「虎之助が捕まってることを、忘れてくれるなよ」

ふたりの注意を引くために、惟哉の声からは先ほどまでの緩んだ調子がない。「おまえらが野垂れ死ぬのは構わんが、わたしの部下を巻き添えにしないでほしいね」

「あんたこそ、忘れるなよ」

征十郎は、惟哉の袖口を指さした。

「わかってるよ」

惟哉は、肩を竦《すく》めた。「わたしは下っ端小役人だが、下っ端には下っ端のやりようってもんがあるものさ」

皮肉を込めた言葉に、小夜《さよ》は頬を膨らませた。

「そこは信頼してるよ」

征十郎は頷き、踵を返す。「また、連絡する」そう言い置いて、不機嫌なままの小夜を追い立てるように奉行所をあとにした。

憤然と足音も高く進んでいく小夜の後ろ姿を、征十郎は苦笑いを浮かべながら見つめる。

「そんなにむくれるな」

憤っている背中に、声をかけた。「美人が台無しだぞ」

「これぐらいで、私の美貌は小揺るぎもしないわよ」

返事は、素っ気ない。

「虎之助《とらのすけ》なら、しばらくは平気さ」

「投獄されてるのに？」

声には、怒気――そしてそこに隠された、強い恐怖があった。「あんたも惟哉も、どうしてそんなに平然としてられるの？」

彼女にとって、それはなによりも恐ろしい記憶を想起させる。

征十郎《せいじゅうろう》はそれを重々、承知していた。

「だからこその袖の下だ」

「あんなの――」

反射的に振り返り、否定の言葉を吐き出そうとした彼女のその頭を、征十郎の大きな掌《てのひら》が撫《な》でる。

「あれは、牢守《ろうもり》や牢番に鼻薬を利かせるためのもんだ。牢獄生活を、少しでも快適にするためのな」

そして、惟哉もまた自腹を切っている、と聞かされた小夜が、顔を顰《しか》めた。

「――なによ」

彼女は、征十郎の手を乱暴に振り払った。「私だけ馬鹿みたいじゃない」

「まあな」

征十郎が否定もせずに頷いたので、小夜はほぼ条件反射で拳を撃ち込んでいた。脇腹を撃たれた征十郎は、身体《からだ》をくの字にして苦しげに呻《うめ》く。

その横を、怒りを露《あら》わにして小夜は通り過ぎていった。

憤激の半分以上は、自分自身へ向けられている。

「あいつが下っ端小役人なのは、なにも間違っちゃいないさ。気にするな」

それをわかっているから、征十郎はそう声をかけた。

「ええ、そうよ」

小夜は、下を向かない。「私は間違ってなんかないわ」強気に言い放つが、その耳はしょんぼりしていた。

「あいつ俺より酒好きなんだが、女房にあんまり呑《の》ませてもらえないらしいんだ」

だから征十郎は、脇腹を押さえながら言った。「だからこの件が片づいたら、美味《うま》い酒でも持っていってやろう」

「勝手に持ってけば」

彼女の返答は、素っ気ない。だが、その足取りからはわずかに重みが消える。

「用事は済みましたか」

奉行所を出たところで、フィーアは、入っていくときとまったく同じ姿勢と表情で佇《たたず》んでいた。

製作者もわからない異国製の機巧《からくり》人形は、さすがに同行が認められなかったからだ。

「ああ。待たせたな」

「いえ」

人間であれば重傷――もしくは重体――といってもいい損傷を負っているが、フィーアの言動からはそれを感じない。

とはいえ、本来なら機巧師に診せるべき状態であることは確かだった。

「で、これからどうするの？」

小夜に促された征十郎は、フィーアの様子を眺めながら、小さく唸《うな》った。

診せるとしても、機左右衛門《きざえもん》以外の機巧師となるとなかなか難しい。腕と信頼に足る、となるとやはり彼以外には考えられなかった。

「港へ向かうか」

そう結論づける。

貿易関係の外国人を探すなら、やはり最初は港だ。

港には、幕府発行の入港許可証がなければ、いかなる船舶も入ることができない。そして入港したあとには、船舶免許をはじめとした大量の書類と積荷がすべて検《あらた》められる。

それらの検査がすべて終わるのには、入港する船の数や積荷の総量にもよるが、数日から一週間かかることもあった。

それが終わらない限り、商売は始まらない。

そのために、港にはありとあらゆる施設が集まっていた。検査を待つ間、あるいは商売を終えたあとの出航待ちに、宿泊施設や飲食店は大いに賑《にぎ》わう。施設で働く人間も、あらゆる言語に対応するため、各国の人間を雇っていた。

この一帯に限っていえば、外国人のほうが圧倒的に数が多い。

「相変わらず喧《やかま》しいわね」

小夜はあまり、港が好きではない。彼女の場合は単純に、外国人の馬鹿騒ぎが肌に合わない、というだけの話だが、そもそも港近辺は穢土《えど》でもっとも治安の悪い地区だ。女性がひとりでふらりと立ち寄れる場所ではない。

「活気があるっていうんだよ」

征十郎は、無数の言語が飛び交うこの喧噪《けんそう》が嫌いではなかった。嗅ぎ慣れない香辛料や香水の匂い、見慣れない意匠《デザイン》の服、装飾品、あるいは武器——それらが織りなす異国の風情が、ここに穢土であって穢土ではない別世界の趣《おもむき》を与えていた。

「なあ、ちょっと一杯、引っかけて——」

「だめ」

船乗りたちで賑わう酒場の前で立ち止まる征十郎を、小夜は一蹴する。彼がどれだけ呑んでも酩酊《めいてい》しないことを彼女は知っていたが、呑み出すと絶対に一杯では終わらないこともよくわかっていた。

「だめか」

大きな身体が小さく見えるほど落胆する征十郎を見て、なにかを感じたのだろうか。

「アルコールの摂取が、それほどに切実な問題なのですか？」フィーアが珍しく、口を差し挟んだ。「喉を潤す程度であれば、大丈夫ではないかと」

「――ほら」

小夜が、うんざりしたように首を振った。「名前なんてつけて連れ回すから、懐いちゃったじゃないの」

「やっぱり名前はミケでよかったかもな」

しれっと言い放つ征十郎を睨《にら》みつけ、小夜はフィーアの腕を無言で摑《つか》んだ。

そして引きずるようにして、どんどん進み始める。「あいつは一杯だろうが百杯だろうが平気で呑み干すけど、一杯でも呑むと馬鹿になるから駄目なのよ」

「アルコールが人類を愚かにするのは、普遍的事実だと思いますが」

小夜はぴたりと歩みを止めると、少し高い位置にあるフィーアの顔をまじまじと見つめた。

「あんた、本当にけったいな機巧ねえ」

「征十郎が見当たりませんが、よろしいですか？」

フィーアの指摘に、小夜は目を剝《む》いた。

そして、先ほどの酒場まで駆け戻ると、荒々しく両開きの扉を開く。

笑い声と罵声、焼けた肉と魚、そして酒の匂いが小夜の面《おもて》を打った。

征十郎の姿は、すぐに見つかる。異国の人間は、平均的に日本人よりも背が高いが、その中に交じっても彼の上背は頭ひとつ抜き出ていた。

仕切り台《カウンター》で、木製の容器《ビアマグ》を握っている。中身はおそらく、麦芽醸造酒《エール》だろう。

「こらっ」

彼に近づいていった小夜は、拳を彼の脇腹に撃ち込むが、びくともしない。「呑むなって言ったでしょうが」

彼女がそう叱っているのにもかかわらず、征十郎は容器に口をつけ、傾けた。喉が動き、中身を一気に呑み干していく。

「言ったでしょうが！」無視されたことに腹を立てた小夜は、その喉に手刀を容赦なく撃ち込んだ。食道を通過中だった麦芽醸造酒は、その道が唐突に狭まったことにより、当然の如《ごと》く逆流する。

琥珀《こはく》色の液体が、征十郎の鼻孔と口から噴き出した。

カウンターに突っ伏して激しく咳《せ》き込む征十郎の、その襟首を彼女はむんずと掴む。そして、有無を言わせず酒場から引きずり出した。

大男を片手一本で制した彼女の後ろ姿を、酔客たちは声もなく見送っていた。

「おまえ――なにするんだよ」

激しく咳き込みながら抗議する征十郎を、小夜は冷ややかに見下ろした。

「首の骨を折られなかっただけでも、感謝してほしいわ」

「俺はただ、東印度《インド》会社とやらの所在地を聞いてただけだぞ」

彼は恨めしそうに、小夜を見上げる。「夜が明けるまで港を彷徨《さまよ》いたいのか？」

「黙らっしゃい」

征十郎の言い分を、彼女は一顧だにしない。彼の襟首を摑んだまま、空いた手でその頭を叩《はた》いた。「だから呑んでもいいって話にはならないでしょうが」

「話だけ聞いて、はいさよならってわけにはいかんだろ」

まるできかん坊に言い聞かせるように言って、征十郎は煙管《きせる》を取り出した。「礼儀ってやつだよ」

その頭をもう一度、小夜が叩《はた》く。

「そもそも知らないんだったら、惟哉《ただちか》に訊《き》いときなさいよ。〝また、連絡する〟とかすかしてる場合じゃないでしょうが」

「誰だってうっかりすることもあるだろうよ」

「東印度会社の所在地なら、わたしが案内できますが」

言い争っていたふたりは、驚いてフィーアを見やった。

「なんで？」

首を傾《かし》げる小夜《さよ》に、フィーアも同じ角度で首を傾げる。「さあ、どうしてでしょう」

「東印度会社の機巧人形なのかもしれんな」

大儀そうに立ち上がる征十郎は未練がましく酒場を振り返ったが、さすがにもう小夜を怒らせる気はないらしい。「だとしたらまあ、灯台もと暗しだなあ」

「だなあ、じゃないわよ」

小夜は、鋭い爪の生えた指先でフィーアを指した。「だとしたら、この子を連れていくなんて愚の骨頂だわ」

「なんでだよ」

征十郎は、煙管に火を入れながら、ゆっくりと歩き出す。「むしろ、感謝されるんじゃないか。拾ってくれてありがとうってな」

「冗談じゃないわよ」

「先導します」

フィーアは、ふたりの様子に頓着せずに足を早めた。

その毅然《きぜん》とした行動に、口喧嘩《くちげんか》をしていたことも忘れて征十郎と小夜は顔を見合わせる。

「やっぱり自分の家に帰りたくなったのかね」

「帰巣本能？　どうかしらね」

しばらく先に進んだあと、ふたりが立ち止まっていることに気づいたフィーアは振り返る。声をかけるわけでもなく、ただじっと待っていた。

「どうする、放っとくのか」

「そんなわけにもいかないでしょ」

小夜は溜息《ためいき》をついてから、歩き出した。

フィーアがふたりを導いたのは、店が軒を連ねる騒がしい一角から少し離れた地区だ。煉瓦《れんが》造りの洋風建築が建ち並んでいる。

個人で邸宅を所有する豪商のように、規模の大きい企業は支店を置いて商売の拠点にしていた。

いずれも派手さはないが、手入れの行き届いた美しい邸宅だ。

門扉の前には、数名の男たちが屯《たむろ》っている。優雅な建築物には不釣り合いな、暴力の匂いを漂わせていた。

用心棒だ。

邸宅の中には現金はもとより、さまざまな価値ある美術品や珍品が保存されていて、それを狙った窃盗事件はあとを絶たない。穢土の奉行所だけでは手に負えず、港に専属の与力と同心を配置したが、各企業はそれに頼ることなく自衛に力を入れた。

フィーアについて行きながら横目にすれば、様々な武器を携えた屈強な男たちの大半は外国人だが、中には侍らしき姿も見える。女もいた。勿論《もちろん》、機巧《からくり》人形もだ。

「ここです」

フィーアが足を止めたのは、ひときわ大きな屋敷だった。宵闇の中、煌々と明かりがついている。

闇が近づいてくると門を閉める邸宅も多いが、ここは開いていた。

ただそれは、自由に入れる、という意味ではない。

鉄製の門扉の向こう側には、他の邸宅同様に用心棒がいる。

すでに、動き出していた。

邸宅の前で足を止めた征十郎《せいじゅうろう》たちを警戒して、こちらへ近づいてくる。

胴着《ダブレット》の上に鎖帷子《くさりかたびら》を着て、腰には小剣《カッツバルゲル》と短剣、それに鎚矛《メイス》を提げていた。

「なんの用向きだ？」

男の声は低く、威圧感があった。長く伸びた口吻《マズル》の先で、鼻孔が匂いを嗅ぐように小さく動いている。平たい頭部には、小夜と似た三角形の耳がついていた。それが小刻みに動き、周囲の音を神経質に拾っている。

〝獣憑き《セリアンスロープ》〟だ。

「ちょいと、ここのお偉いさんに話があってな。入れてくれるか？」

征十郎が煙管の煙を吐き出すと、獣憑きの男は不快そうに鼻面に皺《しわ》を寄せた。「面会の約束は？」

「いや」

「回れ右して帰れ」

鋭い爪の生えた指が、征十郎の背後を指し示した。

「ちょっと待て」

そこへ、別の声がかかる。「帰るのはおまえだけだ、デカブツ」近づいてきたのは、髭《ひげ》面《づら》の男だ。武装は獣憑きの男と同じだが、すでにその手には鎚矛が握られている。

「女ふたりは置いていけ」

彼だけではなく、他の用心棒たちも集まってきた。

総勢、六人――そのうち四人が、獣憑きだ。

彼らを一瞥《いちべつ》し、征十郎は眉根を寄せる。

「意味がわからんな」

「意味がわかるように、こいつでちょっと頭を叩《たた》いてやろうか？」

これ見よがしに、鎚矛の出縁型頭部《フランジ・ヘッド》を掌《てのひら》で撫《な》でる。

征十郎は、やはり胡乱《うろん》な顔つきで男の髭面を見据えた。

「そんなもんで殴ったら、痛いだけだろうよ」

「――おまえ、馬鹿にしてんのか」

にやけていた髭面が、真顔になる。下卑た表情の裏側から、凶暴な本性が現れた。「痛い目に遭いたくなかったら、その女たちを置いて帰れっつってんだ」

「どっちもお断りだなあ」

用心棒たちはすでに全員が武器を手にしていたが、その剣呑《けんのん》な空気を無視して征十郎は煙管の煙を吸い込んだ。「あんたらがなにをするかなんて、考えるまでもないからな」

「優しく遊んでやるだけさ」

髭面に、笑みが戻った。禍々《まがまが》しい、邪《よこしま》な顔だ。周りの男たちも、低く笑う。その眼差《まなざ》しを浴びて、フィーアは平然としていたが、小夜は自分の肩を抱いて身を震わせた。

「これだから不粋《ぶすい》な醜男《ぶおとこ》は嫌なのよね。そんなだから、吉原から追い出されるのよ」

「なんで知ってるんだよ」

髭面の顔が、羞恥と赫怒《かくど》に赤く染まる。小夜は口もとに手を当てて、わざとらしく目を丸くさせた。

「本当に追い出される馬鹿がいるなんて、思いもしなかったわ」

すると髭面は、喉の奥で怒りの声を押し潰しながら頬を引きつらせた。

「この野郎……！」

「野郎じゃないわよ」

小夜はつい、とそっぽを向く。

「振られたな」

征十郎は、声を出して笑う。

その快活な笑い声が、髭面の堪忍袋の緒を切った。

征十郎に叩きつけるべく、鎚矛を振り上げる。

振り上げようと、した。

だが、できない。

鎚矛の出縁型頭部を、征十郎の大きな手が握っていたからだ。

そして男がそれに気づくより早く、征十郎は鎚矛を捥《も》ぎ取る。そしてくるりと回転させ、金属製の柄をしっかりと握った。

髭面の顔が、強《こわ》ばる。

征十郎は、笑顔のままだ。

そのまま、髭面の側頭部を鎚矛で打ち据える。

出縁型頭部の、放射状に並んだ金属片が彼の横面に喰《く》い込み、肉を抉《えぐ》って頭蓋を陥没させた。

吹っ飛んでいき、何度も石畳に打ちつけられる彼の身体《からだ》からは完全に力が抜けている。側頭部を強打されて飛び出した眼球から、涙のように血が流れ落ちた。

征十郎は、髭面の皮膚や肉片のこびりついた鎚矛を見て、顔を顰《しか》める。そしてそれを放り投げると、最初に声をかけてきた獣憑きの男へ歩み寄った。

彼は、呆然《ぼうぜん》と髭面の男の末路を凝視していてそれに気がつかない。

我に返ったときには、征十郎は彼の足下にかがみ込んでいた。

摑《つか》んだのは、長靴《ブーツ》を履いた足だ。

征十郎がそのまま立ち上がると、足を掬《すく》われた形の男は仰向《あおむ》けに倒れたが、後頭部を打ちつけることはなかった。

立ち上がった征十郎が、力任せに振り回し始めたからだ。

武装込みで二十四貫《九十キロ》はありそうな男を片手で持ち上げる怪力に、用心棒の男たちは唖然《あぜん》とする。

「まあ、こうなるか……」

大きく溜息をつく小夜の傍らで、フィーアは短剣を鞘《さや》から引き抜こうとしている。

その手を、小夜が押しとどめた。

「なぜですか」

「巻き添えを喰らいたくなかったら、離れてたほうがいいわよ」

そう言って、その場から距離を取る。フィーアは逡巡《しゅんじゅん》したが、すぐに短剣の柄《つか》から手を離し、彼女に従った。

征十郎は獣憑きの男を振り回したまま、用心棒たちへと突っ込んでいく。男たちは、どう対処すべきか迷い、そしてそうしているうちに暴風に巻き込まれた。

唸《うな》りを上げて叩きつけられた獣憑きの肩が、別の獣憑き――顔の殆《ほとん》どが毛に覆われ、側頭部から弧を描く角の生えた背の低い男――の胸板に、激突する。鎖骨と肩甲骨が潰される鈍い音に、肋骨《ろっこつ》が弾《はじ》け飛ぶ乾いた音が重なった。

胸部を痛打された獣憑きは転倒し、しかしそれでも素早く立ち上がり、小剣を引き抜く。

そして一歩、征十郎に対して踏み出したところで、激しく咳《せ》き込んだ。

口吻の白い毛に、赤が付着する。

折れた肋骨が肺に突き刺さったのだろう。

獣憑きは普通の人間より体力、筋力に優れ、生命力が強い。

それでも肺が傷ついて出血すれば、呼吸困難になる。男は喉をゴロゴロと鳴らしながら蹲《うずくま》り、動けなくなった。

用心棒たちは、さすがに距離を取る。おそらくはあの髭面の男が、彼らを纏《まと》めていたのだろう。彼を失ったことで、集団としての統率を失っていた。

それでも、征十郎に振り回されている獣憑きは抵抗を試みる。無事なほうの手で、小剣の柄を握った。自分の足を摑む征十郎に届く武器は、それしかない。

だが、彼がそれを抜くことはなかった。

征十郎が、投擲《とうてき》したからだ。

激しく回転しながら飛んでいく獣憑きの男は、仲間のひとり――顔から首にかけてびっしりと鱗《うろこ》が生え、毛髪のない獣憑き――に激突した。

骨の折れる音は、投擲された男の首から聞こえてくる。

禿頭《とくとう》の獣憑きは、腹部で仲間を受け止めたため、一緒になって吹き飛んでいた。石畳の上を滑っていく彼の口からは、血がこぼれ出る。内臓が、破裂したのだ。

征十郎は、無造作に前進した。

残るのは、肌の黒い男と最後の獣憑きだ。

下顎が突き出て、そこから太い牙が上向きに伸びている。彼はちらりと、傍らの男を見やった。黒い肌の男は、わずかに頷《うなず》く。

獣憑きは鎚矛を握り、黒い男は小剣を引き抜いた。

そして同時に、左右に散る。

挟み撃ちを狙うのか。

否、そうではない。

ふたりは、脱兎《だっと》の如《ごと》く逃げ出したのだ。

逃げれば用心棒としての信用は落ちてしまうが、命には代えられないと判断したのだろう。

征十郎は、素早く反応した。

彼らが駆け出すのとほぼ同時に、間合いを詰める。その俊敏さを、彼らは予測していなかった。

ほんの数歩、駆け出したところで、黒い男は腕を摑まれる。

ぎょっとしたその顔が、猛烈な速度で飛んでいく。

摑むや否や、獣憑《つ》きの背中へ投げつけていた。

男の悲鳴に振り返った獣憑きは、砲弾の如く飛んでくる仲間の姿を見て顔を強ばらせる。

身体を投げ出すようにしてそれを躱《かわ》した獣憑きの頭上すれすれを、男の身体が通過していった。

着地の音は、肉の拉《ひしゃ》げる音がする。

石畳に打ちつけられたあと、黒い男の身体は邸宅を囲む石壁に激突した。頑丈なはずのその壁は、しかし彼の身体を弾き返すことができなかった。

人間ともども、打ち壊される。

粉砕され、破片になって飛び散る石壁の中、黒い男の手足は関節が破壊されてあらぬ方向へと曲がっていた。

「用心棒が逃げちゃ駄目だろ」

獣憑きが石畳の上を這《は》うようにして逃げようとしている、その背中を征十郎《せいじゅうろう》が踏みつけた。草鞋《わらじ》の下で、脊椎《せきつい》が悲鳴を上げる。

「やめてくれ」懇願する獣憑きを見下ろしながら、征十郎は煙管《きせる》の煙をゆっくりと吐き出した。

「俺に言われてもなあ」

のんびりと言ったかと思えば、いきなり身を屈《かが》める。

摑んだのは、男の手だ。

鎚矛《メイス》を握っていたはずだが、いまその手には短剣がある。

「抜け目ないな」

戦闘意欲を失ったかのように見せて、反撃の隙をうかがっていたらしい。

征十郎は彼の手を押さえたまま、空いた手を小剣に伸ばす。

引き抜くと、その切っ先を獣憑きの肩甲骨に突き立てた。剣身は骨を砕いて彼の身体を貫通し、そのまま石畳にまで深く潜り込む。太い牙の間から、苦鳴が震えながら吐き出された。

「どちらにしろ、許してもらえるかどうかを決めるのは俺じゃない」

彼を石畳に縫いつけたまま征十郎が向かったのは、黒い肌の男だ。気絶しているが、まだ息はある。

その身体を、軽々と担ぎ上げた。

砕けた石壁から、邸宅の敷地内へと足を踏み入れる。

「――なぜ彼は、自分の武器を使わないのでしょうか」

そこまで黙って見ていたフィーアが、疑念を声にした。

手持ちの武器がない場合、相手の得物を鹵獲《ろかく》して使用することはむしろ当然だ。

しかし、自分の得物があるのに使わないのは理屈が通らない。

議論するまでもなく、使い込んだ武器のほうが圧倒的に戦いやすいからだ。

「馬鹿になるって言ったでしょ」

小夜《さよ》は、肩を竦《すく》めた。「馬鹿だから、自分が武器を持ってること忘れてるのよ」

「え？」

表情こそ変わらなかったが、その声には確かに驚きと戸惑いがあった。

「まあ、そんなことはどうでもいいから、ちょっとついてきなさい」小夜はフィーアの手を摑み、がら空きになった鉄の門へと向かう。

門の向こう側は、広い庭だ。鉄の門から邸宅までを繫《つな》ぐ小道を、小夜は急ぐ。

「あれを探して」彼女は、周囲に目を馳《は》せる。「ほら、水を撒《ま》く管」

「はい」

それをなにに使うのか、とは彼女は訊《き》かない。

ふたりは、左右に分かれて走り出した。

けたたましい音は、頭上だ。

前庭に侵入した征十郎が、黒い男を邸宅めがけて投擲していた。彼の身体は二階の窓に叩《たた》きつけられ、硝子《ガラス》を粉砕し窓枠をへし折って室内へ飛び込んでいく。

それを見届けると踵《きびす》を返し、獣憑きのところへ戻ると小剣の柄を握った。

一気に引き抜くと、男は苦鳴を喉の奥で押し殺す。

「敵前逃亡を許してもらえるか、雇い主に聞くのが筋ってもんだよな」

「おまえ――やめろ」

今度の懇願には、明らかな恐怖があった。

だが征十郎は、小剣を放り投げると、男の腰帯から鎚矛を取り上げる。「やめないな」

穏やかな笑みを浮かべたまま、鎚矛で軽く彼の頭を小突いた。「さあ、謝りに行こうか」

そして肩甲骨を貫いたほうの腕を摑むと、荒々しく引き摺《ず》り始める。

獣憑きは痛みに呻《うめ》きながらどうにか逃れようとしたが、もう武器はなく、無事なほうの手で征十郎に摑みかかるが効果はない。

抵抗も虚《むな》しく、前庭へと連れて行かれる。

その様子を観察しているのは、付近の邸宅で警備をしていた用心棒たちだ。さすがにこれだけ騒ぎが大きくなると、なにごとか、と集まり始めている。

ここはすぐに逃げるべきだ、と小夜は判断した。用心棒たちは当然、自分たちが守る邸宅への攻撃には暴力で応じるが、周辺の異常であれば奉行所に連絡する。

その場合、捕縛されるのは当然、征十郎たちだ。

「小夜、ありました」

フィーアが、布製の管《ホース》を手に駆け寄ってくる。小夜はそれを受け取ると、「水を出しなさい」言い放ち、征十郎のほうへ疾走した。

「さあ、いくぞ」

彼はそう宣言して、獣憑きの身体《からだ》をぐるぐると回し始めている。

「そうはいくかっ」

そこへ猛然と突っ込んできた小夜の、手にした管から水が迸《ほとばし》った。

勢いよく、征十郎の顔に激突する。

「おがべ、なにぼ」

文句を言おうとしたその口に大量の水が流れ込み、征十郎は獣憑きを手放して両手でそれを防ごうとした。

小夜はそれを許さない。

跳躍し、両膝で征十郎の肩を打つ。その勢いに押されて、巨軀《きょく》が背中から芝生の上に倒れた。

小夜の膝に肩を押さえられた両手は、左右に開いている。

彼女は、握りしめた管の先端を彼の口に押しつけた。

もう、声すら出ない。

容赦なく流れ込んでくる水流に、飲み込むこともできずに逆流し、鼻孔から吹き出し始めた。

「ざびょ、ばべぼ」

「喧《やかま》しい」

征十郎の胸板に乗った小夜は、巨漢の動きを完全に御していた。その凄《すさ》まじい怪力に、征十郎から解放された獣憑きが逃げるのも忘れて呆然《ぼうぜん》としている。

「殺す気ですか」

その後頭部を、鉄の塊が小突いた。

フィーアが銃を突きつけている。

「このぐらいじゃ死なないわよ」

面倒くさそうに小夜が応じると、もう一度、銃口が彼女の漆黒の髪を揺らす。

「溺れます」

「ああ、もう、面倒くさいなこの子は」

吐き捨てるように言って、小夜は水が出続ける管を放り出した。噴出する水が呆然としていた獣憑きの顔面を打ち据えたが、彼女はそれを見ていない。

管から手を離した瞬間に、跳躍していたからだ。

フィーアが構えた銃の照準から、竜胆《りんどう》の青が消える。弾《はじ》かれたように銃を上へ向けるが、後れを取った。

　頭上で逆さまになった小夜の手が、フィーアの手を刈り取るほうが早い。

　鋭い爪が彼女の手の甲を抉《えぐ》り、捥《も》ぎ取られた銃は邸宅の壁に激突する。そして体勢の崩れた機巧《からくり》人形の背後へと、小夜は降り立った。

「——喧嘩《けんか》はやめろって」

　呟《せ》き込みながら、征十郎が制止する。「他人様《ひとさま》の庭でやるこっちゃない」

　小夜の爪は、フィーアの背中を脊椎ごと切断しようと振るわれる寸前だった。銃を奪われたフィーアは、壊れかけの指先で短剣を引き抜き、振り返りざまに小夜の首に刃を叩きつけようとしている。

「——どの口がそれを言うのよ、まったく」

　小夜は呆《あき》れたように息を吐き、歩き出す。向かった先に落ちていたのは、フィーアの自動拳銃《オートマチック》だ。それを拾って、持ち主に手渡す。

「むやみやたらに銃を向けないでくれるかしら。うっかり壊しちゃいそうだから」その壊すがなにに——あるいは誰に——かかるのかは口にしない。

　銃を受け取ったフィーアは、反抗もせず、静かに頷いた。

「善処いたします」

「するなっ、て言ってんの」

自分より高い位置にあるフィーアの鼻頭を、鋭い爪で突《つつ》く。そして返事を待たずに、征十郎に向き直った。

「ほら、とっとと立ちなさい。行くわよ」

「行くって、なんだよ。目的地はここだぞ」

立ち上がりながら不思議そうにしている征十郎を、小夜はじろりと睨《ね》めつける。「こんな騒ぎを起こしたら、奉行所が動くに決まってるでしょ。虎之助《とらのすけ》のお隣さんにでもなりたいの？」

「あそこはお茶も出ないからなぁ」

状況をまったく理解していないようなその素振りに、小夜は一瞬、手が出そうになったが、それどころではないと思い直す。彼の小袖を摑《つか》み、強引に動き出した。

そして、気配を感じて振り仰ぐ。

征十郎がその腰を抱きかかえ、大きく飛び退《すさ》った。

なにかが、落下する。

巨大だ。

その着地の衝撃に地面が陥没し、芝生が捲《めく》れ上がる。地響きとともに舞い上がる粉塵《ふんじん》の中、その巨大な影がなにかを放り投げた。

飛び退《の》いた征十郎の足下に投げ捨てられたのは、あの黒い男だ。征十郎が投げ入れたときにはまだ息があったはずだが、すでに絶命している。

首が、ほぼ真後ろを向いていた。

「誰だ、朝っぱらからうるせえな」

不機嫌なその声は、腹に響くほど重々しい。「いま何時だと思ってる、阿呆《あほう》が」

鋭い牙の並ぶ巨大な口から吐き出されるのは、苛立《いらだ》ち混じりの罵声だ。

爬《は》虫類《ちゅうるい》の冷えた瞳が、征十郎をひたと見据える。

鱗《うろこ》に包まれた頭部からは、猛々《たけだけ》しい角が二本、後方へと伸びていた。その角の間から生えている一房の赤い髪は、丁寧に三つ編みにされている。

その頭部は蜥蜴《とかげ》――否、竜というべきか。

〝獣憑き〟だ。

集まっていた野次馬の誰かが、呟《つぶや》いた。

〝竜《ドラコ》〟だ、と。


（※6）……上級武士に仕えていた者を与力と呼び、その与力が警備の拠点とした詰所のこと。

伍

「阿呆はそっちだろう」

腰に差した打刀に手を添えて、征十郎《せいじゅうろう》が言った。

「いま何時だと思ってる。昼夜逆転も程々にしとけよ」

「——なんだと」

竜頭の男は、腰帯《ベルト》に手を伸ばす。そこには巨大な船刀《カットラス》が吊《つる》されていた。黒い革手袋に包まれた指先が触れたのは、その柄《つか》ではない。鎖に繋がれた懐中時計だ。

蓋を開け、時間を確認した男は低く唸《うな》った。

「どうりで朝にしちゃあ暗いはずだ」

舌打ちし、どこからともなく取り出した葉巻を口に咥《くわ》える。それから胸もとに装飾《フリル》のある襯衣《シャツ》のあちこちをまさぐり、もう一度、舌打ちした。

「おい、そこの阿呆。火、持ってないか」

「あるぞ、阿呆」

征十郎は火打ち石の筒を取り出すと、放り投げる。受け取った男は葉巻の先をその鋭い牙で嚙《か》み千切り、火で炙《あぶ》り始めた。

「おいおい、ちょっと待て」

彼が引き留めたのは征十郎ではなく、生き残りの獣憑《つ》きだ。全身ずぶ濡《ぬ》れになった彼は、舞い上がった粉塵に紛れてこの場から立ち去ろうとしていた。

「用心棒なら、もう少し役に立てよ。金を貰《もら》ってんだろ?」

火のついた葉巻をゆっくりと吸い込み、その香りを楽しみながら男は歩き出した。「できねえなら金を返すか、命、置いてけや」

彼は、征十郎よりも頭ひとつ上背がある。異貌の巨漢に見下ろされ、同じく異形でありながら、獣憑きの用心棒は萎縮し、怯《おび》えていた。

だから、声が出てこない。

「おい」

その大きな背中に、征十郎が声をかける。獣憑きの用心棒が、助けを求めるかのごとく視線を寄越《よこ》した。だが、「火打ち石、返せよ」彼の望みとは一切関係のない言葉に、思わず呻き声を漏らす。

「おお、ありがとよ」

男は、さりげなく下衣《パンツ》の衣嚢《ポケット》に突っ込んでいた火打ち石を、悪びれもなく放って寄越す。それを征十郎が受け取ったときには、彼はすでに腰に提げていた船刀を抜き放っていた。

「まあ、金なんてもう使っちまってるだろうから、置いてくのは命しかねえわな」

「た――」

獣憑きの用心棒は、どうにか言葉を絞り出した。「助けて」

それは、巨漢の男への命乞いではない。

征十郎への嘆願だ。

一度は潰《つい》えたとはいえ、この状況で助かるには、と一縷《いちる》の望みを託したのだろう。

「だ、そうだぞ」

竜頭の獣憑きが、どこか楽しげに振り返った。その表情は、むしろそれを望んですらいるように見える。

しかし征十郎は、愉快げに笑った。

「おまえ、俺の連れに乱暴する気でいたろう？　どうしてそんなやつを助けると思った？」

用心棒の望みを、朗らかに否定する。しかしすぐに、つけ加えた。「だがまあ、小夜《さよ》がいいって言うんなら、助けてやらんこともないぞ」

すると彼は、弾かれたように小夜へ目を向けた。

彼女はじろりと征十郎を睨《にら》んだあと、用心棒に対して顔を顰《しか》めて舌を出す。

竜頭が、笑った。

「残念だったな」

そう言うや否や、船刀を横にひと薙《な》ぎする。

用心棒の太い首に切り込んだ剣身は、ほぼ速度を落とさずに振り切られた。切断された頭部は回転しながら飛んでいき、身体《からだ》は横手に叩《たた》きつけられる。頸部《けいぶ》の切断面から噴出した真っ赤な血が、芝生の緑を瞬く間に浸食した。

「同じ混じりものってことで口を利いてやったのに、とんだ穀潰《ごくつぶ》しだな」

痙攣《けいれん》している男の身体に唾を吐きかけ、腰帯に引っかけていた手拭いで剣身についた血と脂を丁寧に拭う。

「あんた、この会社の人間か」

征十郎は、返ってきた火打ち石で煙管《きせる》に火をつけている。「だったら少し、話がしたいんだが」

「俺が？　馬鹿言うなっての」

竜の顔が、不快げに歪《ゆが》む。「ただの客分よ。いろいろと腐れ縁でな」

彼は、手を差し出した。

「フランシス・ドレークだ。よろしくな」

「須佐《すさ》征十郎だ」

その手を握り返した征十郎は、その凄まじい握力に眉根を寄せた。常人なら、すでに指の骨が握り潰されていてもおかしくない。

「征十郎か」竜頭の獣憑き――フランシスは、値踏みするかの如《ごと》く睨めつけてきた。「この国では、名の知れた悪魔狩り《デーモン・スレイヤー》だな」

「あんたも狩ってるな、エル・ドラケ」

征十郎が握り返すと、黒い革の内側で骨の軋《きし》む音が響いた。

巨大な口の端が、禍々《まがまが》しく吊《つ》り上がる。

「警告を無視してのこのこ現れるとは、案外、間抜けな野郎だな」

「隠す素振りすらなしかよ」

征十郎は喉を鳴らして笑う。その指先は、強い圧迫によって赤紫に変色し始めていた。

「――下がるわよ」

小夜は、前に出ようとしたフィーアを押し止《とど》め、そのままゆっくりと敷地外へ誘導する。

機巧人形は表情こそ変わらないが、どこか困惑気味に「今度は、止めなくていいのですか？」と腕を引かれながら、首を傾《かし》げた。

「もう酒精《アルコール》は抜けてるだろうけど、どっちにしろあれが相手じゃそうそう逃がしてもくれないでしょうし、好きにやらせてみるわ」

「あの獣憑きをご存じなのですか」

小夜は、目元を小さく歪めた。

「英吉利《イギリス》の元軍人で、海賊よ。残忍なことで有名ね」

見なさいよ、と彼女は、壊れた壁や門のほうを指さした。「野次馬がひとりもいなくなってるでしょ。巻き込まれちゃたまらないからよ」

いつでも逃げられるよう、壊れた壁まで下がったところで、小夜はフィーアをちらりと見上げる。

「あんた、あの男に見覚えはない？」

「ありません」

答《いら》えは簡潔だ。「あっ、そう」小夜は小さく肩を竦《すく》める。だが、フィーアは言葉を継いだ。

「ですが、声に聞き覚えがあるような気がします。微《かす》かですが」

「気がします、って機巧《からくり》のわりには曖昧な表現ね」

小夜はそう言ったあと、指先で額を擦った。「まあでも、あんたがこの会社に関係あるのはやっぱり間違いないようね」

「困りますか？」

問いかける声に、申し訳なさや自責の念はまったく感じられない。小夜は、苦笑いを浮かべる。

「別に。面倒くさいってだけよ」

そうして征十郎を見やり、小さく息を吐いた。「まあ、あいつはどうだか知らないけどね」

「そうですか」

機巧人形は小夜に倣い、その蒼《あお》い瞳に征十郎を映す。

がっちりと握りあった手は動かず、征十郎とフランシスは同時に、空いた手を得物へと伸ばした。

フランシスが手にしたのは舶刀ではなく、銃——古めかしい燧発式《フリントロック》の拳銃だ。腰の拳銃嚢《ホルスター》から引き抜かれた時にはすでに、撃鉄が発射可能位置《コック・ポジション》にある。

引き金を引く指に、ためらいはない。

球形の弾丸は火薬の爆発に押し出されて銃身《バレル》から飛び出し、至近距離にある征十郎の腹部へと突き進む。

阻んだのは、刀身だ。

征十郎は脇差しを引き抜き、フランシスの銃口の動きにあわせて着弾位置を予測した。銃弾は刀身に激突して火花を散らし、甲高い悲鳴とともに斜め上へと弾《はじ》かれる。

それが邸宅の窓を突き破り、粉々になった硝子《ガラス》が降りそそぐより早く、征十郎は脇差しの切っ先とともに踏み込んでいた。

フランシスは撃ち終わった銃を放り投げると、その刺突を掌《てのひら》で受け止める。切っ先は彼の皮膚と肉を刺し貫き、そのまま突き進んだが、襯衣に喰《く》い込んだところでぴたりと止まった。

白に、赤が滲《にじ》み出る。

硝子の破片が砂利道に落ち、軽やかな音色を奏でた。

フランシスの膝が、跳ね上がる。同時に握り合った手を強引に引き寄せ、征十郎の姿勢を崩そうとした。

だが、踏み止《とど》まる。

脇差しを手放し、突き上げられる膝を掌で受け止めた。

凄《すさ》まじい衝撃が、腕を駆け上り肩を打つ。

その巨軀《きょく》が、わずかに宙に浮いた。

瞬間、フランシスが握ったほうの手を力任せに引き寄せる。空中にいては踏ん張れない。前のめりになる征十郎に、フランシスは猛然と前進した。

両者の額が、激突する。

鋼を打ち合わせたような鈍く重い轟《とどろ》きに、ふたりの巨軀が仰《の》け反《ぞ》った。

先に上体を引き戻したのは、征十郎だ。

鱗《うろこ》だらけの額へ、全身の発条《ばね》を使って頭突きを打ち込んでいく。

ふたたび、頭蓋同士の激しい衝突にふたつの巨軀が震えた。

征十郎の額が割れ、血飛沫《ちしぶき》が舞う。

しかし怯《ひる》まず、フランシスの掌を貫通したままだった脇差しの柄《つか》を握った。

その腹を、長靴《ブーツ》の底が強打する。

腹直筋の筋繊維が音を立てて千切れ飛び、衝撃が内臓を打ち据えた。腕を摑《つか》み合ったままなので、打撃の力が余すことなく征十郎《せいじゅうろう》の体内で暴れ回る。

喉が、逆流してきた血で異音を漏らした。

だが、前進する。

摑んだ脇差しを、身体ごとフランシスへと突き込んでいく――と見せかけて、上へと撥《は》ね上げた。

掌を切り裂いて振り上げられた脇差しは、そのまま一気に竜頭へと叩きつけられる。

フランシスは身体を横に捌《さば》いて躱《かわ》そうとしたが、今度は征十郎がそれを許さない。握った手で、獣憑きの身体をその場に固定する。

フランシスは咄嗟《とっさ》に首を傾け、角で刃を受け止めた。

刃は角に喰い込んだが、切断できない。

下から伸びてきたのは、半ば千切れかかったフランシスの指先だ。

巨大な手は、征十郎の太い首をがっちりと摑む。その指先の力は、すでに十分、わかっていた。掌が裂けているとはいえ、それでも十分に脅威だ。

脇差しを摑んでいた手が、素早く打刀の柄へと移動する。逆手に握って引き抜き、そのまま竜頭へと叩きつけた。

　鋼の悲鳴は、竜の顎《あぎと》に呑《の》み込まれる。

　獣憑《つ》きは刀身に喰らいつき、鋭い牙で打刀の斬撃を受け止めていた。

　同時に、今度は征十郎の膝が跳ね上がる。両手が塞がっているフランシスは、これを防ぐためには征十郎の喉を鷲摑《わしづか》みにしている手を離すしかない。

　彼は、それを選択しない。

　膝頭は、フランシスの下顎を痛打した。

　下顎骨の砕かれる音が、咥《くわ》えた刀身を震わせる。フランシスはわずかによろめいたが、首を摑む手はいささかも緩めない。

　征十郎は、さらに膝を撃ち込もうとした。

　フランシスはそれを許さない。

　征十郎の身体が、浮かぶ。片手一本で、持ち上げたのだ。そして征十郎に反応させる暇《いとま》を与えず、力任せに投擲《とうてき》した。

　高い。

　巨軀は宙を飛び、邸宅二階部分の外壁に激突する。

　石壁が陥没し、砕け散って征十郎を呑み込んだ。

　飛び込んだ先は、客室らしき一室だった。石片を撒《ま》き散らしながら、征十郎は毛足の長い絨毯《じゆうたん》の上に転がり落ちる。

「なんて馬鹿力だよ」

思わず独りごちるその声は、掠《かす》れている。獣憑きの五指は、征十郎の喉をもう少しで完全に握り潰すところだった。

「まったく、異国の連中は短気で困る。話のひとつもできやしない」

立ち上がり、身体についた埃《ほこり》を叩《はた》き落としながら小さく毒づく。

振り返ったのは、背後で重いものが落ちる音がしたからだ。

否、落ちてきたのでは、ない。

「なんだよ、本当に話がしたかったのか」

前庭から跳躍してきたフランシスは、砕けた壁から飛び込んできた。その角には、脇差しが刺さったままだ。口に咥えていた打刀は、征十郎の足下に放り投げられる。「なら、話せよ。こんななりだが、耳はちゃんと聞こえるぞ」

「どうだかな」

打刀を拾いながら、征十郎は言った。「まあ、あんたらが神狩りをする分には、俺の立場からはなにも言うことはない」

「ほう」

フランシスは、少し驚いたように目を丸くした。

異国人の神狩りを法で強く規制しているのは、なにも日本だけではない。むしろ、世界のあらゆる国と地域で、規制と罰則のない場所などありはしないだろう。

「ただ、お上と共謀してこちらに手を出してきたことは非常に問題だな」征十郎は、嚙《か》まれた刀身を確かめながらフランシスを見据えた。

その眼差《まなざ》しは穏やかではあるが、凪《な》いだ海を思わせる。

その深い闇の底に、なにが眠っているのか。見えはしないが、獣憑きの男は確かにそれを感じ取っていた。

〝竜《ドラコ》〟と渾名《あだな》され恐れられてきた海賊は、その横たわる巨大ななにかを見定めようとでもするかのように、目を細める。

「――なにが問題だ？」

フランシスは舶刀《カットラス》の柄を握りながら、砕けたはずの下顎を撫《な》でる。本来なら激痛に喋《しゃべ》ることすらできないはずだが、彼は平然としていた。

だからその手が止まったのは、痛みのせいではない。

「おまえたちは、子どもの時分から知ってる男を牢《ろう》に放り込んだ」

征十郎の、声のせいだ。

恫喝《どうかつ》でも、憤激でもない。

穏やかな眼差し同様、落ち着き払った声色だ。

だが、違う。

違う、ということだけがはっきりと肌で感じられた。

「こいつはいただけない。小夜《さよ》もお冠だ。じっくりと話し合う必要がある」

「俺たちのやることに口を出さないってんなら、すぐに出してもらえるだろうよ」

竜の表情は、人間と変わらずに豊かだ。

そこから察するに、彼は落胆しているように見えた。

これでこの騒ぎは終わり、と感じたからだろう。

だから、「いや」と征十郎が否定した途端、爬虫《はちゆう》類《るい》の瞳が輝きを取り戻した。

「牢から出す、出さないじゃないんだ。入れちまったことが問題なんだよ、わかるだろ、ドレーク」

「おお、おお、わかるとも」

まるで、欲しいお菓子でも与えられた子どものようだ。フランシスは涎《よだれ》でも垂らさんばかりに頷《うなず》いた。「俺たちみたいなのは、舐《な》められちゃあ駄目だ。お終《しま》いだ。そういうことだな」

征十郎は、頷き返す。「だから、そいつらを探し出して痛い目にあわせなきゃならない。自分が誰に手を出したのか、ゆっくりと理解してもらいながらな」

「いいね」

フランシスは、船刀をゆっくりと引き抜いた。「実にいい」

「なんであんたが喜ぶんだ」

苦笑いしつつも、征十郎は打刀を構える。「ところで、ここの責任者はいまどこにいる？」

「教えるわけないだろうが」

フランシスは笑いながら、懐中時計で時間を確認する。「まあ、もうすぐ帰ってくるけどな」

「教えるのかよ」

思わず征十郎が突っ込んだその瞬間、フランシスが動いた。

突進の勢いに、床に散らばっていた石片が跳ねる。

振り下ろされる船刀は、荒々しい軌道で征十郎の顔面へと振り下ろされた。迎え撃つ打刀は、その軌道を斜めに弾く。凄まじい膂力《りょりょく》の一撃を無数の火花とともに受け流し、巨軀が交差した瞬間に振り返りざまの一閃《いっせん》を放った。

獣憑きの反応は、人間を遥《はる》かに凌駕《りょうが》する。

渾身《こんしん》の一撃を躱されてもその体勢は崩れず、ほぼ同時に身体《からだ》を回転させていた。

刃が、ふたりの間で激突する。

生じたのは、甲高い鋼の悲鳴——それが消え去るより早く、征十郎は足下の石片を蹴り上げていた。

フランシスは、それを左手で弾《はじ》き飛ばす。軌道が変わった石片は、天井にぶつかってめり込んだ。

それほどの勢いであったにもかかわらず、彼の左手に異常はない。

どころか、脇差しで裂かれたはずの掌《てのひら》に、その痕跡は皮膚の捻《ねじ》れと乾いた血痕しか見当たらなかった。

獣憑きは比較的、人間よりも治癒能力が高いが、これほど短期間でとなると話は別だ。

「やはり喰《く》ってるな、おまえ」

打刀を握り直しながら、征十郎が言った。

責める口調ではない。

フランシスは、巨大な口の端を吊《つ》り上げた。

「普通、喰うだろう」

「どこの普通だよ」

征十郎は緩やかに立ち位置を変えながら、面倒くさそうに頬を歪《ゆが》めた。

不老不死の霊薬とされる禍魂《まがたま》が人類に与える影響、変質はそれだけではない。

筋力や耐久力、五感などが飛躍的に向上し、なおかつ、再生、治癒能力がずば抜けて高くなる。たとえ腕や足を切断されても、直後ならばすぐにくっついてしまうし、そうでなくても時間さえあれば新しく生えてくるのだ。

人間であれば致命傷となる傷も、〝神喰らい〟にとってはかすり傷に過ぎない。

「あんただって、喰ってるんだろ」

〝竜《ドラコ》〟は右手に船刀を握り、空いた手を突き出しながら身構える。剣術、とはほど遠い構えだが、獣憑きであり神喰らいでもある彼の一撃は、人間の肉体を易々《やすやす》と両断する威力を秘めていた。

「俺は、喰いたくて喰ってるんじゃない」

征十郎はそう言い返したものの、自分の言葉に失笑する。「いや、まあ同じか」

「おう、一緒だとも」

フランシスは、双眸《そうぼう》を細めた。「同じ釜の飯を喰った仲ってやつさ」

「地獄の釜か」

征十郎は面白くもなさそうに言って、動きを止めた。「そんなもん、ひとりで喰ってろ」

そして傍らにあった机《テーブル》を、思い切り蹴りつける。ひとりでは運べそうにない重厚な机が、征十郎の一蹴りで吹っ飛んでいった。

向かう先には当然、獣憑きがいる。

フランシスは、躱さない。今度は左手を、渾身の力を込めて机に叩《たた》きつけた。

机は、無数の木片となって飛散する。

彼の視界が塞がれたのは、ほんの一瞬だ。

割れた天板と木屑《きくず》が舞い散る中、征十郎《せいじゅうろう》の巨軀《きょく》は滑るように移動していた。

フランシスの発達した五感は、軋《きし》む床板や空気の流れからこれを完全に捉えている。

正面からの、突撃だ。

彼は、にやりと笑う。自分でも、そうしただろう。この距離でこの時機《タイミング》ならば、それが最適解だ。

あとは打刀の軌道を予測し、防ぎ、反撃すればいい。自らの身体能力をもってすれば、この単純な動きがもっとも高い効果を望める。

誤算があったとすれば、たったひとつ。

征十郎の狙いが、彼になかったことだ。

振り下ろされた渾身の一撃が砕いたのは、床板だ。

木材の割れ爆《は》ぜる音が、フランシスの耳朶《じだ》を打つ。そして次の瞬間には足下が陥没し、よろめき、身体がそこへ呑み込まれていく。

完全に、姿勢を崩された。

フランシスは咄嗟《とっさ》に、船刀での防御を選択する。

選択、してしまった。

その数秒が、征十郎には必要だった。

彼は打刀を手放し、背中に担いでいた大太刀の柄《つか》を握る。鞘《さや》を身体に固定していた下緒《さげお》を解《ほど》き、鐺《こじり》をフランシスに向けてさながら槍《ランス》の如《ごと》く構えた。

そこから一気に前進する勢いは、まさしく騎兵の突撃《チャージ》だ。

フランシスは自らの失策に悪態をつきながら、突き進んでくる鞘を舶刀で打ち払おうとする。

黒い布に包まれた鞘は、湾曲した刃を鈍い音で受け止めた。

切断どころか、その軌道を変えることすらできない。

慣れ親しんだ得物の切れ味と己の膂力、技量に絶大な自信があったのだろう。

それらを一切合切はねのけて猛進してくる黒い穂先に、「馬鹿な」彼の愕然《がくぜん》とした呟《つぶや》きが押し潰された。

鐺の打撃を胸部に受けたフランシスは、そのまま後方へと押し込まれ、部屋の壁に叩きつけられる。

鐺は彼の胸骨を砕き、陥没させた。

それでもまだ、征十郎の突進は止まらない。

〝竜《ドラコ》〟は怒号を発しながら、舶刀を投げ捨てて鞘を両手で摑《つか》む。その凄《すさ》まじい力に鞘は軋んだが、押し込んでくる勢いは緩まない。

彼は、悟る。

獣憑《つ》きであり神喰らいでもある自分よりも、目の前の男のほうが力で勝っているということを。

背中に感じるのは、圧力に壁が歪み、亀裂が生じ始めていることだ。

渾身の力で踏ん張るものの、もはや押し返すことはできない。

押し込んでくる鐺が、折れた肋骨《ろっこつ》ごと胸部を陥没させ、それが肺を傷つけ始めた。気管から逆流してきた血が、食いしばった牙の間から呼気とともに飛び散り始めた。

そしてついに、壁が崩壊する。

支えを失った獣憑きの巨軀は、摑んだ鞘ごと廊下に飛び出した。砕け散った壁の破片を全身に浴びながら転倒し、しかしすぐさま立ち上がろうとした彼は、気づく。

摑んだ鞘が、軽い。

実際は相当の重量なのだが、彼の膂力からすれば急激に軽くなったように感じた。

視界に映ったのは、赤光を放つ刀身を振り上げる征十郎だ。

壁ごとフランシスを押しやった征十郎は、そこで踏み止《とど》まり、逆方向に刀を引いて鞘から抜き放っていた。

そして一気に間合いを詰め、まだ迎撃の態勢にないフランシスへと打ちかかる。

フランシスは反射的に、握りしめていた鞘で振り下ろされる大太刀を受け止めていた。

そうでなければ、真っ二つに両断されていただろう。

鞘を握る手に受けた衝撃が、彼の喉から血飛沫《ちしぶき》混じりの苦鳴を吐き出させた。

身体が、押し潰される。全身の筋肉が悲鳴を上げ、骨が嗚咽《おえつ》を漏らしていた。足下では床板が撓《たわ》み、軋み始めている。

立ち上がれない。

膝立ちの状態から、ぴくりとも身体が動かせなくなった。

いや、動いてはいる。

下へ、下へと。

床板が拉《ひしや》げ、乾いた音を上げて割れていく。

フランシスは、咆哮《ほうこう》した。

悪魔《デーモン》の化身、とまで呼ばれて恐れられた男の、矜持《きようじ》だ。凄まじい圧力に抗《あらが》い、わずかながらも押し返し始める。

だが、その執念に彼の肉体より先に邸宅の床が耐えられなくなった。

連続する木材の破砕音が、ひときわ大きく響き渡る。

不意に、フランシスの身体はあらゆる圧力から解き放たれた。

その巨軀は崩壊した床から落下していき、階下へと叩きつけられる。木片と粉塵《ふんじん》に包まれながら、フランシスは呻《うめ》き声《ごえ》すら上げることができなかった。

数十年ぶりに、感じていたのだ。

死を。

竜の瞳は、頭上からやってくる死の形をした男を、凝視する。

神を喰らって生きてきた男の心に去来したのは、死への恐怖か生への執着か。

肉体は、自動的に動いていた。

寝転んだまま、身体を横に回転させる。巨大な刀が床を叩き割る音と、飛び散った破片が頬を打つ。

慌てて立ち上がったが、すぐに姿勢を崩してよろめいた。

身体の、均衡《バランス》がおかしい。

足下に、なにかが飛び散っている。

血だ。

避け切れていなかったのだ。

彼の左腕は、上腕の半ばで切断されていた。

本能的に、斬り飛ばされた腕を拾おうと前に出る。拾って切断面を合わせておけば、まだ大丈夫だ。

そこへ、大太刀が横薙《よこな》ぎに繰り出される。

空を切る音に、獣の本能が反応した。

まだ抱えたままだった大太刀の鞘で、それを受け止める。胴が両断されることは防いだが、その衝撃に耐えられる体勢ではなかった。

巨体が、二丈《六メートル》ほども吹っ飛んでいく。

そのときすでに意識は途切れていたが、床に叩きつけられた衝撃と、そのまま勢いが止まらず壁に激突したことで覚醒した。

視界には、粉砕されて飛び散る木片と硝子《ガラス》が舞っている。

壁と窓を破壊した巨軀は、前庭に飛び出して芝生の上を滑っていった。

今度はすぐには、立ち上がれない。

低く呻きながら鞘を放り出し、残った腕で上体を支える。頭がはっきりとしないのは、立て続けに凄まじい打撃を喰らったから、ばかりではなかった。

血が、止まらない。

血を流しすぎて、意識の混濁が始まっていた。

「〝神断ち〟は、痛むだろう」

大穴の開いた壁から、征十郎がゆっくりと出てくる。その手には、切断した竜の腕が握られていた。それを彼の目の前に放り投げ、肩を竦《すく》める。「もうつかないと思うが、記念に取っておくか？」

「つかないなら、いらねえな」

フランシスは、引き攣《つ》った笑みを浮かべる。鱗《うろこ》に覆われた頭部だが、発汗能力は人間と

同じようで、脂汗が流れ落ちていた。「〝竜〟の手だ、おまえにやるよ。自慢できるだろ」

彼はそう言って、微《かす》かに震える手で自分の腕を拾い上げると、征十郎へと投げて寄越《よこ》した。

「誰に自慢するんだよ、こんなもん。小夜《さよ》だって喰《く》いやしないぞ」

顔を顰《しか》め、征十郎はその手を蹴り飛ばす。そして、赤光を放つ大太刀を肩に担いでフランシスへと歩み寄った。

それを遠目に眺めながら、小夜が頬を歪《ゆが》めた。

「なんだかいま、ちょっと馬鹿にされたような気がするわ」

「フランシス・ドレークの腕は、小夜でも食べない、と言いましたね」

フィーアが頷《うなず》くのに対し、小夜は自分の耳をつまんでみせた。

「聞こえてるっての。いちいち教えてくれなくてもいいわよ」

そしてその耳が、ぴくりと動く。

振り返った彼女は、邸宅の門の前に立つ男を目にする。

三十代半ばほどだろうか、征十郎と同じ年頃に見えるその男は、仕立てのいい上着《ジュストコール》を着たいかにも貴族然とした風貌だった。

「これはまた、派手にやらかしたな」

周りに転がる用心棒の屍《しかばね》と破壊された壁や邸宅を一瞥《いちべつ》し、彼は呟く。それほど、驚いたり動揺したりしている様子はない。

「ドレーク！」

そう呼びながら門をくぐり、そしてはたと、小夜たちに気がついた。

目が合い、どうしようかと小夜が逡巡《しゅんじゅん》していると、彼は優雅に一礼する。

「我が邸宅になにかご用ですか、お嬢さん。もしくはこの騒ぎに巻き込まれましたか？」

「いや……」

少し考えたあとに彼女が選んだ表情は、苦笑いだった。「この騒ぎの、張本人——その片割れなの」

「なるほど」

やはり男は騒ぎ立てることもせず、小夜の傍らに立つフィーアへと視線を移動させた。

「我が社の備品を送り届けに来てくれた、というわけではないようですね」

その言葉に、やはりそうか、と小夜は小さく呻いた。

「わたしは、この会社のものなのですか」

そうフィーアが訊《き》くと、男は初めて感情を見せた。整った眉が少しだけ持ち上がり、驚きを表現する。

「なるほど」彼はもう一度そう呟くと、改めて小夜に向かって一礼した。「わたしは、アーチボルド・ホープと申します。東印度《インド》会社の十七人会の末席に加わる若輩者ですが、どうか、お見知りおきを」

「私は小夜。ただの、小夜よ」

挑発的な口調にも、アーチボルドは穏やかな笑みで応じる。

「できれば、この状況について教えていただきたいのですが」

「教えてほしいことなら、こちらにもあるぞ」

大太刀を鞘に納めた征十郎《せいじゅうろう》が、歩み寄ってくる。

アーチボルドは、やはり優雅に一礼した。

「あなたは」

「須佐《すさ》征十郎」

問われて名乗った征十郎だが、それが形式的なものだとわかっていた。「あんたが、責任者か」

「アーチボルド・ホープと申します。お見知りおきを」

彼は身体《からだ》を斜めに傾《かし》げ、征十郎の背後に目を馳《は》せた。

フランシスはよろめきながら近くまで来ていたが、途中で力尽き、へたり込んでいる。

「やあ、随分と手酷《てひど》くやられたね」

「――まったくな」

腰帯《ベルト》で上腕を縛って止血した〝竜《ドラコ》〟は、火のついていない葉巻を咥《くわ》えて口の端を歪めた。

「人間を相手にするつもりでやっちまったよ」

「言い訳かい」

アーチボルドの声に、叱責の色はない。むしろ、楽しんでいるように聞こえた。フランシスは小さく舌打ちして、顔を背ける。「火を貸してくれ」

その横柄で不遜な態度に、アーチボルドは溜息《ためいき》をついたものの、咎《とが》めようとはしなかった。点火器を上着から取り出し、放り投げる。

「衣嚢《ポケット》にしまい込むなよ」

釘《くぎ》を刺してから、征十郎に邸宅を指し示す。「少し傷んでしまいましたが、中でお茶でもいかがですか。いいお酒もありますよ」

「いいね」

アーチボルドの皮肉など意に介さず、征十郎はにやりと笑う。

「駄目よ」

しかし、小夜の鋭い制止がその笑みを曇らせた。

「なんだよ、ちょっとぐらい――」

「駄目《だあああめっ》」

小夜は腰に手を当てて両足を開き、断固としてこれを阻止する決意を漲《みなぎ》らせた。夕焼け色の瞳が、薄闇の中で炯々《けいけい》と輝いている。

その剣幕に、アーチボルドも鼻白んだ。

「駄目かぁ」

落胆し、征十郎は肩を落とす。

それを目にしたフィーアがそっと、小夜に耳打ちした。

「少しぐらいなら、大丈夫ではないですか」

「あんたね……」

一瞬、怒声が喉から飛び出しかけたが、彼女はそれを辛うじて呑《の》み込んだ。

そして、邸宅外の道に転がる屍を指さした。

「あのね、あんたもさっきのは見たでしょ？　ここでまた酒なんか呑んだら、間違いなく彼は殺されるわよ」

そう言って今度はアーチボルドを指さすと、彼の穏やかな顔もさすがに、少しだけ引き攣った。

「――お茶にしましょうね」

そう言って、そそくさと歩き出す。

だが、座り込んだままのフランシスの傍らで足を止め、手を出すのを忘れない。獣憑《つ》きは忌々しげに頬を歪めながら、借りていた点火器をその掌《てのひら》の上へ乱暴に押しつけた。

「一緒に呑むかい」

「馬鹿言え、酒でも呑んで寝たほうがましだ」

そう吐き捨てたフランシスは、征十郎に向けて意地の悪い笑みを向ける。
征十郎は恨めしげな目で彼を睨《ね》めつけるが、それはかえって〝竜《ドラコ》〟を喜ばせた。

陸

通されたのは、広々とした客間だ。

革張りの椅子《ソファ》に征十郎と小夜は腰掛けたが、フィーアはその後ろに立って座ろうとしない。執事にお茶の用意を指示していたアーチボルドは、その様子を見てどこか満足げに頷いていた。

「それでは――」

執事が一礼して出て行くと、彼はそう切り出した。「我が社の邸宅を襲撃した理由をお聞かせ願いますか？」

「話す必要があるのか？」

煙管《きせる》に火を入れながら、嫌みではなく征十郎は言った。「あんたが、や、っ、た、ん、だ、ろ、う、？」

目を細める征十郎の顔は、どこか子を窘《たしな》める親の表情をしていた。

アーチボルドはその顔をじっと見据えたあと、困ったような笑みを浮かべる。

「まいったな。ごまかすと、素面《しらふ》でも殺されそうだ」

「俺の要求は、虎之助《とらのすけ》の放免だけだ」

征十郎は深々と椅子《ソファ》に身を預け、煙管の煙を吸い込んだ。「あんたを殺してそうなるんなら、それでもいいぞ」

「残念ながら」

アーチボルドは、両手を広げた。「わたしが死ねば、十七人会の誰かが事業を継続します。状況は変わりません」

「十七人死ねば？」

「後継はすぐに選出されます。無駄でしょう」

「ふむ」

征十郎は、ゆっくりと煙を吐き出す。

「ふむ、じゃないわよ」

横に座っていた小夜が、征十郎の太股《ふともも》をぱしりと叩《たた》く。「納得してる場合じゃないでしょ」

「なんだよ、延々と殺し続けろってか。俺の生業《なりわい》は人じゃなくて神さまを殺すことだぞ」

「わかりきったことを偉そうに言わない」

小夜は小さく鼻を鳴らすと、アーチボルドに向き直った。「あんたたちの目的は、禍魂《まがたま》なのよね」

「そうです。我々は〝楽園《エデン》の禍実《かじつ》〟、と呼んでいますが」

「そのために幕府の連中とつながって、村をひとつ全滅させたか」征十郎が、小夜《さよ》の言葉に続く。「人為的に、禍津神《まがつかみ》を生み出すために」

「この国の禍実は、実に良質でして」

アーチボルドは、征十郎の言葉を否定しなかった。「この狩り場を独占できるのでしたら、どれだけ黄金を積んでも元が取れる——我々はそのように考えています」

「邪魔をしないなら、放免するってわけか」

呻《うめ》くような征十郎の言葉に、アーチボルドは目を細めて微笑《ほほえ》んだ。

「独占、か」

「独占、です」

征十郎はもう一度、呻くと、髪を苛立《いらだ》たしげに掻《か》き毟《むし》った。

「そんな条件、呑むと思うか」

「もちろん、ただでとは言いません」

商人の顔になったアーチボルドは、淡々と提案した。

カガリを廃業する者には多額の一時金と職の斡旋《あっせん》、望むなら東印度会社にも席を用意する。もし、会社専属のカガリとして働くのならば、より好待遇で迎える、等々。「——悪い話ではないと思いませんか？」

「まあな」

征十郎が頷《うなず》くと、小夜がじろりと睨《にら》みつけた。だからというわけではないが、「だが、俺なら断る」と続ける。

「どうしてですか？」

アーチボルドに、驚いた様子はない。むしろ、この返答を予想していたかのようだ。

「別に、金のためにやってるわけじゃないからな」

「あなたも、フランシスと同じ〝神喰《ぐ》らい〟なのですね」

これもまた、知っていたかのような口振りだ。

征十郎は胡乱《うろん》げに彼を見据えたが、商人の微笑みは崩れない。

「勿論《もちろん》、その点に関してもご安心ください。まあ、〝竜《ドラコ》〟がいることがなによりの証拠になると思いますが」

「もう、御託はたくさんだわ」

そう言い放ったのは、小夜だ。「さっさと虎之助を牢《ろう》から出しなさいよ。あの子は、この件には関係ないでしょ」

「そういうわけにもいきません」

柔和な表情を浮かべてはいるが、アーチボルドは一切、譲歩する気がなさそうに見えた。

「この計画には、すでに多額の資金がつぎ込まれています。今さらあとには引けませんからね」

「たとえ、殺されても？」

「はい」

アーチボルドが頷いた瞬間、小夜は椅子《ソファ》から跳ねるように身を起こし、間にあった机《テーブル》を飛び越えた。

鳳仙花《ほうせんか》のあざやかな紅が、彼の首に喰らいつく。

「でも、死ぬより辛《つら》い目にあうことは想像してる？」

「なにを――」

アーチボルドは眉根を寄せたあと、言葉を呑み込んだ。

彼は、小夜の瞳を見つめている。

その色が、変わっていた。

先ほどまでは夕焼け色だった瞳が、いまは夜明け前の一番、暗い色に。

「死ぬのが、救いに思えるわよ」

その途端だった。

アーチボルドが目を見開き、絶句した。

全身が硬直し、かすかに痙攣《けいれん》する。

小夜の指先から彼の首筋へ、黒い染みが伝播《でんぱ》していた。それは次第に彼の顎、頬へと広がっていく。

アーチボルドの目は血走り、喉は絶叫するかの如《ごと》く震えていたが声はない。

「小夜」

征十郎《せいじゅうろう》が声をかけるが、彼女はそれを拒絶する。

「小夜」

もう一度、今度は語気が強くなる。

「――わかってるわよ」

渋々、といった感じで小夜はアーチボルドを解放する。

喉から彼女の指先が離れると、彼は椅子の上に横倒しになり、喘《あえ》ぐように酸素を取り込んだ。硬直していた身体《からだ》が激しく震えだし、そのせいで床に転がり落ちる。

「これ、は――」

呟《つぶや》きは、絨毯《じゅうたん》の中に埋《うず》もれていく。

その喉が異音を立てた。

激しく嘔吐《おうと》し、胃の内容物をすべてぶちまける。血の混じった胃液が涸《か》れるまで、彼は嘔吐《えず》き続けた。

お茶の用意を配膳台車《サービング・カート》で運んできた執事は、主の様子に仰天し、慌てて抱き起こす。

「――大丈夫だ」

とてもそうは見えなかったが、アーチボルドは口もとを拭い、水を喉に流し込む。吐いたものを処理してお茶を並べさせると、心配そうな様子の執事を下がらせた。

「驚きました」

開口一番、彼は言った。「ただの、とはよく言ったものですね小夜さん」彼の顔色は蒼《そう》白《はく》で、唇は紫に変じている。温かい紅茶の入った杯《ティーカップ》を手に取る指先も、まだ震えていた。

だが、その目だけが爛々《らんらん》と輝いている。

「これは〝呪い《カース》〟だ。――そうでしょう？」

「知らないわよ」

小夜は、そっぽを向く。すると彼は、征十郎に目を向けた。

「彼女は、ただの〝獣憑《つ》き〟ではありませんね？」

「好奇心は、猫を殺すそうだぞ」

面倒くさそうに頬を歪《ゆが》める征十郎は、杯を手に取った。「たったひとつの命、大事にしろよ」

「もしも、彼女が――」

アーチボルドは、軽い興奮状態にあった。だから、その前髪が風圧で掻き乱されても、なにが起こったのかを瞬時に判断できなかった。

眼前に突きつけられた鋼の切っ先を数秒見つめ、それから目を瞬《しばたた》かせる。

「おまえとは別の十七人会と交渉しても、構わないんだぞ」

「――失礼いたしました」

アーチボルドは軽く咳払《せきばら》いすると、杯の中身をゆっくりと口に含んだ。

そして長く細い息を吐いたあと、疲労の色が濃い顔にそれでも微笑みを浮かべた。

「では、交渉はしていただけるということでよろしいですね」

「――しぶといやつだな」

呆《あき》れたように嘆息する征十郎へ、アーチボルドは会釈する。「異国の地で商機を摑《つか》むためには、図太さも必要でして」

「交渉ね」

小夜が、鼻の頭に皺《しわ》を寄せた。「脅しって言うべきじゃないかしら」

「お互いさまですよ」

アーチボルドは、自分の首を撫《な》でる。小夜は唇を歪め、「嫌みなやつね」憎々しげに吐き捨てた。

これを聞いても、アーチボルドの表情は小揺るぎもしない。

「平行線だな」

征十郎は勝手に二杯めを入れながら、呟いた。

アーチボルドは、首肯する。

「それこそが、我々にとっての利益となります」

「まあ、そうなるか」

　二杯めを飲みながら、征十郎は思案しているふうだった。「じゃあどうしても、虎之助《とらのすけ》を放免しないんだな？」

「交渉ですよ、須佐《すさ》殿」

　彼は、ここまで沈黙を守っているフィーアを指さした。「彼女は、我が社が神を狩るために開発した特別な機械人形《オートマタ》です」

「やられてたぞ」

「お恥ずかしい限りで」

　アーチボルドは改めて、フィーアを観察する。「損傷もひどいですね」

「返してほしいのか？」

　征十郎が問うと、初めてフィーアが身動《みじろ》ぎし、蒼《あお》い瞳で彼を見据えた。

「いいえ」

　意外なことに、アーチボルドは首を横に振る。「あなたのもとで、神狩りの実地訓練を受けさせていただきたいのです」

「そいつが条件か」

「そうです」

　征十郎は、ふうむ、と呻いて腕を組んだ。

その目は、アーチボルドを見据えている。

どこからどこまでが、この男の思惑なのか。

「──いいだろう」

さほど悩むことなく、征十郎はその提案を受け入れていた。

「ありがたい」

アーチボルドは、破顔した。「あなたのような超一流のカガリのもとで算料《データ》を取れるなんて、これ以上ない価値がありますよ」

「これで、虎之助は自由の身ね？」

意外なことに、小夜はこの提案を拒否せずに受け入れていた。

「あと、ひとつ」

そう言ってアーチボルドが上着から取り出したのは、一通の封書だった。「これを、あるところまで届けていただきたい」

「使いっ走りまでさせようっていうの？」

彼女なりに納得しようとしていたところへ、またもや火種が放り込まれる。さきほどの苦しみを思い出したのか、アーチボルドは反射的に仰《の》け反《ぞ》った。

「飛脚には頼めないのか」

「場合によると、邪魔が入るかもしれません」

剣呑《けんのん》な配達であることを、彼は隠さなかった。征十郎は、少し面白そうな顔をする。

「相手は誰だ？」

「張孔堂《ちょうこうどう》の由《ゆ》井《い》正雪《しょうせつ》です」

それは先日、虎之助の口から聞いた名前だった。

「やくざ者と聞いたが、まっとうな商人のあんたがなんの用だ？」

征十郎の皮肉に、アーチボルドは苦笑いを浮かべながら、封書を机の上に置いた。

「彼はやくざというよりも、危険分子《テロリスト》ですね」

封書の表面を指先で軽く叩《たた》き、彼は言った。「中身をご覧になっても構いません。届けてさえくだされば、同心の彼を放免しましょう」

「読まねえよ」

封書を手に取った征十郎は、それをアーチボルドの目の前でひらひらと振ってみせる。

「おまえたちの悪巧みには興味がない。だが、約束は守れよ」

「まっとうな商人ですので、ご安心を」

アーチボルドは立ち上がり、優雅に一礼した。「口約束といえども、堅守することを誓いましょう」

封書を小袖の中にしまいながら、征十郎も頷く。杯に残った紅茶を飲み干し、立ち上がると、身動ぎひとつしないフィーアに向き直った。

「勝手に決めたが、よかったのか？」

「問題ありません」

フィーアは即答する。そんな彼女を、やはりじっくりと観察するように見たアーチボルドは、「損傷部分は、こちらで修理しましょうか」と提案する。

「どうする？」

征十郎が意思を問うと、フィーアは返事もせずに固まった。アーチボルドが、微苦笑する。

「機械人形に意思はありませんよ」

「そうなのか？」

「そうだったかしら」

征十郎と小夜《さよ》が異口同音に言うのを聞いて、アーチボルドは頷《うなず》いた。「意思があるように見えますが、それはあくまで算譜《プログラム》によって形成された界面《インターフェイス》にすぎません。円滑な情報伝達《コミュニケーション》のために擬似的な人格も備えていますが、あくまで彼女は人形ですよ。我々のように、魂を持ち合わせているわけではありません」

「なに言ってんのかしら、この人」

征十郎に遅れて一杯めの紅茶を飲み干した小夜は、立ち上がりながら、胡乱《うろん》げにアーチボルドを横目にする。彼は少し傷ついたような表情を浮かべたが、それを軽い咳払いでごまかした。

「おそらく禍津神《まがつかみ》にやられたとき、なんらかの原因で主《マスター》の設定が初期化され、なおかつ誤作動を起こしたのでしょう。いまは須佐殿を主と認定しているようなので、あなたの命令なら人道に反しない限り従うはずですよ」

「人道に反したら駄目なのか」

征十郎は、意地の悪い笑みを浮かべた。「フィーア、この男を殺せるか？」

「お望みとあらば」

フィーアは無表情のまま、拳銃嚢《ホルスター》に収まっていた自動拳銃《オートマチック》を引き抜いた。アーチボルドはぎょっとしながらも、興味深げに彼女の動きを見つめている。引き抜いた拳銃でアーチボルドに照準を合わせたフィーアは、その姿勢のまま、次の指示を仰ぐかのようにぴくりとも動かない。

「冗談だ。銃を下ろせ」

この言葉に、彼女は素直に従う。さすがにアーチボルドも胸を撫で下ろした様子だったが、その目に浮かぶのは憤りや怒りではなく、強い好奇の色だった。

「これは、あんたを殺すのが人道的ってことか？」

「――まあ、そうであっても驚きませんが」

アーチボルドは口の端を歪めながら、しかしどこか、楽しげですらあった。「禍津神の影響は、やはり算譜に多大な影響を与えているようですね」

そうして少し考え込んだあと、先ほどの提案を繰り返す。

「やはり一度、こちらの工房で精密検査を受けたほうがいいかもしれません。損傷も直した上で、改めてお連れいただくというのはどうでしょうか」

「それでいいか、フィーア」

ふたたび征十郎《せいじゅうろう》は、機巧人形《からくり》の意思を確認する。

彼女はやはり、返事をしない。

相変わらずの無表情だが、どこか、逡巡《しゅんじゅん》の気配を感じた。

アーチボルドの言うとおり、自動人形は搭載された電脳《コンピュータ》によって支配されている。電脳に組み込まれた算譜は、絶対だ。

どうして彼女は、それに抗《あらが》うのか。

抗うことができるのか。

征十郎は、彼女に頷いてみせた。

「嫌なんだな」

「はい」

今度はしっかりと、返事をする。

アーチボルドは軽く目を見開き、そして溜息《ためいき》をついた。「素晴らしい」それは、口の中だけで消えるような呟《つぶや》きだった。

「じゃあ、一緒に行くか」

「はい」

今度の返事も表情こそ変わらないが、口調はかすかに力強い。

「猫ってよりも、犬よね」

小夜は鼻を鳴らしたあと、アーチボルドへ小さく頭を下げた。

「お茶、ごちそうさまでした。なかなかおいしかったわ」

「――お気に召したようで、なによりです」

なにやら考え込んでいた様子のアーチボルドは、やや遅れて一礼する。

征十郎は、彼の肩を軽く叩いた。

「あんた、切支丹《クリスチャン》か？」

「ええ――そうですが？」

質問の意図がわからず、アーチボルドは眉根を寄せる。

「なら、教会に行って聖水を貰《もら》っておいたほうがいい。それを朝昼晩、三回は飲むことだ。苦しい思いはしたくないだろう？」

アーチボルドは、無意識に自分の喉に触れていた。

思わず小夜を見ると、彼女は双眸《そうぼう》を細め、にんまりと笑っている。

「そ、そうですね……」

アーチボルドは、硬い表情で頷く。

客間を出て行く征十郎は、最後に一度だけ振り返った。

「そういえば、〝すさ〟って言葉に聞き覚えはあるか？」

これにアーチボルドは、若干、戸惑った表情で首を傾《かし》げた。

「須佐殿の名前ではないのですか？」

「──まあ、そうだな」

征十郎は、気にするな、と言い置いて邸宅をあとにする。

門を出たところで、小夜が言った。

「信じちゃいないでしょうね」

「まあな」

征十郎は、ふところに収めた封書を小袖の上から叩いてにやりと笑う。「だが、どんな悪巧みか気にならないか？」

「猫」

もう言い飽きたとばかりに、小夜は溜息をつく。「読んでもいいって言ってたけど、もう開けちゃうわけ？」

「いいや、読まずにちゃんと届けるさ」

「は？」

小夜は、またか、と言わんばかりの顔で高い位置にある顔を睨《ね》めつけた。「届けるのはまあ、仕方ないとして、なんで読まないのよ」

「読んだら、なにが待ち受けるか予想しちゃうだろ。それじゃあ、つまらん」

「つまらなくていいでしょうが」

彼女は、天を仰いだ。「本当に人生を舐《な》め腐った男ね」

「楽しんでるだけさ」

そう言って編《あ》み笠《がさ》をかぶり直した征十郎は、足取りも軽く歩き始める。

その大きな背中をしばし見つめたあと、小夜はげんなりした様子で息を吐いた。

「相変わらず、煩《うるさ》くて臭いわね」

小夜は眉根を寄せて、着物の袖で口もとを覆う。

機巧師が多く集まる、穢土《えど》の工房街だ。

白煙と水蒸気、油と鉄の匂いが立ちこめるその一角には、数多《あまた》の機功師が工房を構えている。耳朶《じだ》を打つのは、機巧の稼働音と鋼を加工する鎚《ハンマー》の音だ。

征十郎は、他の区画に比べて圧倒的に多い電力の送電線を見上げながら歩く。

「わくわくするだろ？」

「もちろん、しないわよ」

頭頂部から突き出た三角形の耳をぺたりと折り畳んだ小夜は、低く呻《うめ》いた。「私はあんたより五感が鋭敏なんだから、こんなところにいたら頭がおかしくなっちゃうわよ」

「フィーアはどうだ？」

機巧人形は、機巧の町をどう見るのか。

「騒音と匂い、いずれも機能に影響は与えません」

淡々とした応《いら》えに、征十郎は煙管《きせる》の煙を吐き出しながら首を傾げた。

「なんかこう、懐かしい感じがしたりしないのか」

「特にはありません」

「この子、外国製だからさ」鼻を押さえた小夜が、やや詰まり気味の声で言った。「町並みも雰囲気も、まったく違うんじゃないの？」

「こういう場所は、万国共通な気がするけどなぁ」

工房街は、とにかく乱雑だった。

道はそれなりに大きいのだが、どの工房も敷地外に大量の荷物やがらくたを積んでいるので、人がすれ違うのも一苦労の狭さになってしまっている。足下には絶縁電線《ケーブル》が複雑に絡み合い、いったいどれがどの工房に繋《つな》がっているのか、皆目見当もつかない有様だ。

頭上に目を向ければ、突き出た庇《ひさし》が殆《ほとん》ど空を覆い隠している。足りない空間を、それで補おうとしていた。庇の上にも機巧用の機器が所狭しと並べられ、絶縁電線が蜘蛛《くも》の巣のように張り巡らされている。

「ああ、空気が悪いわ」

俯《うつむ》き加減に歩く小夜は、機巧の部品が転がる足下へ不平をこぼす。

その彼女が慌てて横に飛び退《の》いたために、傍らを歩いていたフィーアともども、なにやらよくわからないがらくたの山に突っ込んでしまう。

小夜《さよ》が驚いた原因は、道ばたで突っ伏して倒れている若い男だ。

死んでいるわけではいない。

工作器具と機巧の部品を握りしめたまま、鼾《いびき》をかいている。おそらくは作業に熱中するあまり、身体《からだ》が先に限界を迎え、こんなところで気絶同然に入眠してしまったのだろう。

「紛らわしい」

小夜が毒づきながら、立ち上がる。「死体かと思ったじゃない」押し倒した形のフィーアへ手を伸ばし、それなりに重量のある彼女を軽々と引っ張り上げた。

周りには、ふたりの転倒で様々な部品が散らばっていたが、誰も様子を見にきたりはしない。工房の中から聞こえてくる作業の音は、一瞬たりとも止まることを知らないかのようだ。

「いまさら死体なんかで驚くタマかよ」

征十郎は、笑いを嚙《か》み殺す。

「黙らっしゃい」

少し頬を染めた小夜は、肘鉄を征十郎の脇腹に撃ち込んだ。

よろめいた征十郎の足下で、悲鳴が上がる。

「おっ？」

今度は、誰かが寝ていたわけではない。

工房の壁面に設置された巨大な機械、その下に潜り込んで作業していた男の足を踏んでしまったのだ。

悪い悪い、と頭を下げる巨軀《きょく》を横目にして、小夜は鼻で笑う。「おっ、だって」

「意地が悪いなあ、おまえ」

征十郎が渋い顔をすると、彼女はひひひ、と肩を震わせる。

そんな小夜を、フィーアがじっと見つめていた。

その視線に気がついた小夜は、眉をひそめる。「――なに？」

「なにもありません」

返答はいつもどおり、無味乾燥だ。

「ふぅん？」

しかし小夜は、爪先立ちになって顔を近づけるとフィーアの双眸をのぞき込んだ。蒼《あお》い瞳は、夕焼け色の瞳を臆することなく見つめ返してくる。

「なにしてんだ？」

「あの西洋人の言うとおり、機巧だから心がないってわかってるんだけどさ」

小夜は、長い爪で機巧人形の眼球を指さした。「この向こう側に、なんか気配を感じるのよね」

「ほう」

興味深げに、征十郎《せいじゅうろう》は眉を持ち上げた。

小夜は、やや拍子抜けしたように、彼を見やる。

「なんだよ」

「小馬鹿にすると思って、用意してたのに」彼女はそう言って、拳で征十郎の顎を下から小突く。

「暴力はいかんよ、小夜くん」

征十郎はしかつめらしい顔で言って、白煙が漂う道の先を指し示した。「それも含めて、確かめに行こうって話さ」

「——ですよね」

小夜はすべてを諦めるかのように、長い長い溜息《ためいき》をついた。

そして顔を上げると、足早に進み始める。

「ならもう、さっさとすませるしかないわね」

彼女はその辺に転がっているがらくたを蹴飛ばし、寝ている機巧師《からくり》を踏みつけながら突き進む。「ふたりとも、ぼさっとしないでちゃんとついてきなさいよ」振り返りもしない小夜の後ろ姿を眺めて、征十郎は肩を竦《すく》めた。

「騒がしいことで」

呟き、あとに続く。

振り返ったのは、フィーアがついてこなかったからだ。

彼女は佇《たたず》んだまま、後頭部の辺りに指先を這《は》わせている。征十郎は声をかけなかったが、彼女はすぐ視線に気づき、小走りで駆け寄ってきた。

「どうかしたか」

ゆったりとした足取りで、乱暴な足取りの小夜を追う。

「向こう側、とはどの程度、向こうなのでしょうか」

疑問を呈するフィーアを横目にして、彼女の行動の意味がわかった征十郎は目もとに笑みを浮かべた。

「突き抜けちゃいない。ここの中の話だ」

指先で、彼女の頭頂部を指す。

「ここには電脳《コンピユータ》しかありません」

「そうとも限らないぞ」

今度は自分の顔の傷を指先で叩《たた》きながら、征十郎は口の端を持ち上げる。「中になにが入ってるか、自分の目で確かめたわけじゃないだろ？」

「はい」

フィーアは素直に頷《うなず》く。「征十郎は、見たことがあるのですか？」

「さあ、どうだろうな」

はぐらかすように、笑う。

機巧人形は、何度か無言で瞬《まばた》きしたあと、自分の頬を触った。

「その中身が、わかるのでしょうか」

「機左右衛門《きざえもん》は、東洋一と謳《うた》われた機巧師だ。わからんってことはないだろう」

斐陀《ひだ》機左右衛門は、機巧の父とも呼ばれる当代随一の機巧師だ。現在、製作されている機巧の基礎は、殆どが彼の手によって生み出されたともいわれている。

だが、その為人《ひととなり》は奇天烈《きてれつ》の一言に尽きた。

かつては幕府お抱えの機巧師として穢土城内に工房を構えたこともあったが、度重なる爆破、異臭騒ぎや相手を選ばぬ狼藉《ろうぜき》ぶりに、放逐されてしまう。

ここ数年は、この区画の最奥に工房を構え、製作依頼も殆ど受け付けぬまま引きこもっていた。

その機左右衛門の工房の前で、腰に手を当てた小夜が、遅れて到着したふたりを不満顔で睨《にら》みつける。

「遅い」

「図体《ずうたい》がでかいと、こういう場所は難儀でな」

小夜と違い、足下に転がる物や人を避けてきたのも原因のひとつだ。しかし、それを皮肉まじりに口にするよりも、小夜が工房の扉に手をかけるほうが早い。

無言で、立てつけの悪くなった引き戸を開く。強引に引いたので、引き戸に張られていた硝子《ガラス》に罅《ひび》が入ったが、彼女は気にも留めなかった。

草履も脱がずに、上がり込む。

無作法、と言いたくなる行動だが、工房の中をのぞけばそんな言葉は喉から出てこなくなる。

目に入るのは、塵《ごみ》の山だ。

ここまでの途上が、まだ続いているかのように錯覚する。

機巧の部品がありとあらゆる場所に転がり、掃除もしていないので動線以外には分厚く埃《ほこり》が溜《た》まっていた。

足音も高く工房の奥へと小夜が進んでいくので、その埃が舞い上がる。

「生活に適した空間ではありませんね」

「そもそも、機左右衛門が生活に適してないからな」

征十郎も、草鞋《わらじ》を履いたまま工房の奥へ向かう。

その耳朶を打つのは、無数の撥条《ぜんまい》や振り子が動く音だ。まるで、巨大な絡繰り仕掛けの中に迷い込んでしまったかのように錯覚してしまう。

視覚も、それを後押しした。

壁や天井には無数の絶縁電線が這い回り、設置された用途不明の機巧機器たちを繋げている。木目など、もう見ることができない。視界すべてが、機巧に覆われていた。

先に進んだ小夜の背中は、すぐに見えてくる。

彼女は、廊下をまっすぐ進んだ先にある鉄製の扉の前にいた。ここまでは誰でも入ってこられるが、この先は機左右衛門の許可がないと入れない。

「ちょっと、開けなさいよ」

小夜がそう要請しても、反応はない。

そもそも、鉄の扉越しに声が届くのだろうか。

「死んでるんじゃないか」

「うーん、その可能性ね……」

フィーアは、そう言うふたりの顔を交互に見て、首を傾《かし》げた。

「機左右衛門は、死ぬ可能性のある状態なのですか」

「けっこうな」

征十郎は鉄の扉を何度か叩いてみたが、やはり返答はない。

「――死んだかな」

小夜が、なぜか少し嬉《うれ》しそうに呟《つぶや》く。

まるで、それが聞こえたかのように、声が聞こえてきた。

『薄情なお嬢さんだな』

声はすれども、姿はない。

フィーアの視線は、鉄の扉上部に向けられる。機巧機械がいくつか壁に設置されているが、そのうちのひとつ、穴の空いた黒い箱状のものから声は聞こえていた。

「遅《おつそ》いのよ」

『老人は、そう機敏には動けん。若い娘にはわからんかもしれんがな』

「いや、動きとかまったく関係ないでしょうが。さっさと開けなさいって」

苛立《いらだ》ちまじりの小夜の言葉に、含み笑いが流れ出た。

『そんなにこの老骨に会いたいとは、愛《う》いやつめ』

「本当に動けなくしてやりましょうか？」

彼女の足が、鉄の扉を蹴りつける。頑丈な扉が撓《たわ》み、通路全体が小刻みに揺れた。

鉄の扉は、その震動が収まるより早く、ゆっくりとした動きで開き始める。天井から落ちてきた破片と埃を頭から払い落としながら、小夜は憤然と部屋の中へ入っていった。

薄暗い部屋だ。

機巧と絶縁電線《ケーブル》がありとあらゆる場所を覆い尽くしているのは、ここまでと変わらない。ただひとつ違うのは、部屋の奥に巨大な機巧が鎮座していることだ。

箱のようにも見える。

だがそれは、無数の小さな機巧が融合し、絡み合っていた。無機物の塊でありながら、どこか有機的な、おどろおどろしい形《グロテスクな》をしている。

電脳、だ。

おそらく穢土《えど》でもっとも巨大で高性能な電脳が、この薄汚い工房に存在するなど、誰もが想像だにしないだろう。

ひんやりとしているのは、その電脳が稼働する際に発する熱を冷ますために、空調が効いているからだ。

「さて、今日はどんな厄介ごとを持ち込みに来た？」

そう言ったのは、巨大な電脳の前で車椅子に座る老人だった。

あの声の持ち主だろう。

灰色の地味な小袖を着た小柄な男――斐陀機左右衛門は、部屋に入ってきた征十郎たちを見てにやりと笑った。

「まさか本当に、こんな糞爺《くそじじい》の顔を見たかったわけじゃあるまい」

「わかってるんなら、余計なことを言ってうちのお姫さんを怒らせるな」

苦笑いする征十郎の傍らで、小夜《さよ》の耳がぴくぴくと動いていた。

猫の瞳が、薄暗い中で大きく広がる。

やがてなにかを見つけたのか、無言で向かったのは機左右衛門とは遠く離れた一角だ。

堆《うずたか》く、さまざまな機巧が積み上げられている。

彼女はそこをじっと見据えたあと、「ここだっ」と一声上げて手を突っ込んだ。

引き抜かれた指先に握られていたのは、小さな機巧だった。

機左右衛門が呻《うめ》きながら、項垂《うなだ》れる。

「まったく、性懲りもなく盗撮しようなんて本当に糞爺ね」

彼女の手の中で、盗撮用の小さな映写機《カメラ》がただの鉄屑《てつくず》へと変わっていく。

「せっかく小型化に成功したというのに」

機左右衛門は地団駄でも踏みそうなほど、悔しげだ。その様子に、小夜は鋭い犬歯を見せてにんまりと笑う。

「せっかくの腕を、そんなつまらないことに使うなよ」

征十郎は呆《あき》れていたが、機左右衛門は作業用の保護眼鏡《ゴーグル》の奥で双眸《そうぼう》をかっと見開いた。

「つまらんとは、聞き捨てならん。人から知的好奇心を奪ったら、それはもう単なる動く肉にすぎんではないか」

「あんたのは知的じゃなくて性的でしょうが！」

小夜は、掌《てのひら》の中で粉々になった映写機を床に叩きつける。「なんなら、いますぐ動かない肉にしてあげてもいいのよ!?」

「なんと嘆かわしい」

機左右衛門は、激昂《げきこう》する小夜に怯《ひる》みもせずに嘆息した。「この儂《わし》が、そんな下劣な欲望でもってその映写機を仕掛けたとでも？」

「他になにがあるってのよ」

小夜が睨《ね》めつけると、機左右衛門はしばしその視線を受け止めたあと、不意に顔を背けた。

「儂の大切な映写機を壊した悪い娘には、教えてやらんもんね」

それからちらりと、彼女を横目にする。「まあ、詫《わ》びを入れて按摩《あんま》でもしてくれるというのなら、話は別じゃがな」

これに小夜の喉が、奇妙な音を立てた。

顔が赤くなり、全身がわずかに震える。

爆発寸前に見えた彼女だったが、深く長い溜息《ためいき》をつくと両手で顔を覆った。

「もう、ほんとにやだ」

ひび割れた声で、呟く。

「やめとけって」

征十郎《せいじゆうろう》が窘《たしな》めたのは、機左右衛門のほうだ。「次も助かるとは、限らないぞ」

「人生には、それぐらいの緊張感が必要じゃよ」

白い髭《ひげ》の生えた口もとを歪《ゆが》め、老機巧師《からくり》は笑う。

征十郎は、小夜の着物の裾が風もないのにはためいているのを確認した。振り袖の下で、彼女が尻尾を激しく動かしているからだ。

嬉しいときもそうやって動かすが、いまは間違いなく、怒りと苛立ちからだろう。

「不毛なことはやめて、まっとうな知的好奇心を満たせよ」

そう言って、傍らのフィーアを少しだけ前へ押しやった。

「ふむ、西洋の自動人形か」

人間と寸分変わらぬ外見のフィーアを、機左右衛門は一瞥《いちべつ》でそうと見抜いた。「腕のいい職人《マイスター》の手によるものだな。機巧の音が非常にいい」

「こいつは禍津神《まがつかみ》の中から見つけたんだが、記憶がない。外傷も含めて、診てくれるか」

征十郎の言葉にうなずく機左右衛門だったが、当のフィーアは不思議そうに老人を見据えていた。

「なぜこの人間の中から、機巧の音がするのでしょうか」

この疑問に、機左右衛門は「ほう」と吐息を漏らした。

「いい耳をしておる」

「この爺《じい》さんは、身体《からだ》の八割近くを自前の機巧に置き換えてるからな」

その説明に、機巧人形は少し考え込んだ。

考え込んだ、というよりは、自身の記憶《データ》を検索していたというほうが近い。

「侵襲型の機巧臓器による代替治療の、三割を超える事例は存在しません」

「まあ、世界広しといえども、この変態ただひとりだろうな」

そう言われて、機左右衛門《きざえもん》は喉を引き攣《つ》らせて笑う。

その車椅子の背もたれから、八本の機巧式副腕《マニピュレーター》がフィーアへと伸びた。反射的にその指先から逃れようとした彼女を、征十郎が押し止《とど》める。言葉はなかったが、その背中に添えられた掌に、フィーアは大人しく従った。

「痛覚はあるかね」

「いいえ」

基本的に機巧人形も自動人形も、その行動を阻害しかねない痛覚等の感覚は持ち合わせていない。だが、特殊な用途に使われる型《タイプ》の中には、それらを搭載しているものもあった。その場合、感覚機能を遮断しておかないと、保守管理時《メンテナンス》に界面《インターフェース》の人格に不具合が生じてしまう。

「では、ちょっと頭を開けさせてもらうぞ。痛みはなくても、感覚を遮断しておいたほうがいい」

これに少し不安でも感じたのか、フィーアは返事をする前に征十郎を見やった。彼が頷《うなず》くのを確認してから「はい」と返事をして、目を閉じる。

機巧式副腕が、フィーアの銀髪に覆われた頭部へと伸びた。

後頭部の髪を搔《か》き分け、二本目の副腕が保守管理用に設置されている頭部の開閉装置を操作する。

機巧が稼働する小さな音とともに、フィーアの頭の中身が露《あら》わになった。

征十郎、小夜、そして機左右衛門までもが驚愕《きょうがく》の声を漏らす。

そこにあるはずの、電脳《コンピュータ》がない。

あるのは、人間の脳だ。

「ほほう」

機左右衛門は最初の驚愕からいち早く立ち直ると、涎《よだれ》でも垂らさんばかりに相好を崩した。「実に良い」

「こいつは、あんたと同じか」

透明な頭蓋の中に収められた脳をまじまじと見つめながら、征十郎が言った。機左右衛門は、首を横に振る。

「最終的には同じになるかも知れんが、出発点が違う」

「機巧の身体の中に、人間の脳だけ入れたのか」

征十郎の言葉に、機左右衛門が今度は頷いた。

「これこそ、前代未聞じゃな」

「あんたでも無理かい」

征十郎に揶揄《やゆ》するつもりはなかったが、それは些《いささ》か、機左右衛門の職人としての矜持《きょうじ》を刺激した。

「ならば、おまえと嬢ちゃんの生きた脳を渡せ」彼は、双眸を爛々《らんらん》と輝かせた。「おまえたちは、機巧技術の偉大な発展の礎《いしずえ》となろう」

「――俺たちの他に、何人必要だ」

征十郎の表情は、硬い。

対照的に、機左右衛門の頬は緩みきっていた。

「百や二百じゃ、まったく足りんな」

「そうまでして、造る必要があるものなの?」

小夜は、不快げに眉根を寄せている。「いくら禍魂《まがたま》が欲しいからって」

「必要があったかどうかは、知らん」

機左右衛門は、肩を竦《すく》めた。「だが、造れると思ったなら造ってしまうのが職人の性《さが》よなあ」

「あんたも?」

蔑《さげす》むような冷たい眼差《まなざ》しで睨めつけられた老人は、ふと表情を消し、彼女を真っ向から見据えた。

「聞きたいかね」

「――聞かなくてもわかるわ」

小夜は頬を歪めて言葉を吐き捨てると、振り袖の裾をひるがえして部屋を飛び出していった。

その後ろ姿を眺めて、征十郎は面倒くさそうに髪を掻く。

「意地が悪いにも、ほどがあるぞ」

「そうかね？」

機左右衛門は、フィーアの頭を元に戻しながら言った。「あの娘は――おまえさんも――少々、縛られすぎとる。そんなこっちゃ、いつか本当に神さまになっちまうぞ」

「ご忠告、痛み入るね」

征十郎は苦い顔をしたが、痛いところを突かれたようでもあった。

その苦みを消そうとするかのように、煙管《きせる》を咥《くわ》えて火をつける。

「で、こいつの記憶はどうにかなりそうか」

「祟《たた》りは、無機物には侵食せん」

釈迦《しゃか》に説法か、と機左右衛門は呟《つぶや》く。「だが、多少なりとも影響は出る。脳に関しては、機巧師よりも祈禱師《きとうし》のほうが必要だな」

「祈禱師か」

煙を吐きながら、憂鬱な面持ちになった。

その顔を眺めて、機左右衛門ははっきりと意地の悪い表情を浮かべる。

「別嬪《べっぴん》は嫌いか」

「相性が悪い」

征十郎は嘆息し、目を閉じたままのフィーアを眺めた。

「破損部分の修理は、できるんだな」

「誰に言っておる」

憤然と、穢土《えど》──日本随一の機巧師は言った。「修理どころか、性能も格段に向上させてやる。なんなら、尻尾もつけてやろうか」

「もう間に合ってる」

征十郎は、踵《きびす》を返す。

その小袖の裾を、摑《つか》む指先があった。

目を閉じたままの、フィーアだ。

「別に、置き去りにするわけじゃない」

征十郎が言うと、彼女は目を開く。

蒼《あお》い瞳は、ひたと彼を見据えた。

そこになんらかの感情が見え隠れするわけではないが、指先は雄弁に物語っている。

「ここでしばらく、治療してもらえ。野暮用を済ませたら、戻ってくるから」

「三日もあれば事足りるぞ」

そう言われたフィーアは、納得したのか小さく頷く。

それでも、小袖から離れる指先にはためらいがあった。

「変わった機巧よな」

しみじみと呟く機左右衛門に、征十郎は指先を突きつける。

「変なところを弄《いじ》るなよ」

釘《くぎ》を刺された機左右衛門は、憤るように舌打ちした。

「儂《わし》を誰だと思っとるんだ、おまえは」

「腕のいい変態だ」

そう言い置いて、老機巧師の罵声を背に部屋を出る。

小夜《さよ》は、工房の外にいた。

「預けたの？」

「三日ほどだそうだ」

征十郎は、足を止めない。小夜は傍らに並んでついてくる。

「じゃあ、その間に届けるのね」

「ああ」

小夜は、猩々緋《しょうじょうひ》の小袖をちらりと見やる。

「――やっぱり、手紙は読まない方向で？」

「うむ」

征十郎《せいじゆうろう》の応《いら》えに、迷いはない。

小夜は、小さく溜息《ためいき》をついた。

「まあ、読んでも読まなくても、十中八九、揉《も》め事《ごと》でしょうけどね」

「うむ」

頷き、征十郎はにやりとする。「おまえも、人生の楽しみ方がわかってきたな」

「楽しかないわよ」

彼女はそっぽを向いて鼻を鳴らしたが、すぐにその唇を歪《ゆが》めた。

「でも、たまには暴れたい気持ちになるときだってあるわよね」

「お手柔らかにな」

征十郎の言葉に、小夜はにんまりと笑う。

凶暴な、笑みだった。

捌

「なんだい、あんたらは」

男は胡乱《うろん》げに、征十郎と小夜を睨《ね》めつけた。

穢土城の東、神田の町にある長屋だ。

「お届け物さ」

征十郎がふところを軽く叩《たた》くと、男は左手を前に差し出した。

「いや、由井《ゆい》正雪《しょうせつ》に直接、渡したいんだがね」

渡すのを拒否すると、彼は双眸《そうぼう》を細めた。玄関先にだらしなく座り込んでいたその男は、右肩に槍《やり》を立てかけている。おそらくは、この張孔堂《ちょうこうどう》の用心棒かなにかだろう。

だが、その手には瓢箪《ひょうたん》型の酒器が握られている。彼は瓢箪の口を咥《くわ》えて酒器を傾けると、喉を鳴らして中身を味わう。袖口で雑に口を拭い、気怠《けだる》げに呻《うめ》いた。

「職務上、怪しいやつを通すわけがないことは理解できるか？」

「怪しいのは明らかにそっちでしょ、昼間っから酒なんか呑《の》んで」

小夜が呟くと、男は視線を征十郎から彼女へ移動させる。

酒が入っているとは思えない、鋭い視線だ。

油断や隙がない。

おそらく相手が老人や子どもであったとしても、彼の眼差しは一切、緩まないだろう。

「東印度《インド》会社、アーチボルド・ホープからの封書だ」

だが、その名前を出すと、用心棒の雰囲気がわずかに揺らいだ。

彼の視線が、征十郎たちを飛び越えて周囲にそそがれる。槍を摑む手は動きこそしなかったものの、握る指先に力が入っていた。

「使いっ走りには見えねえな」

「まあ、いろいろあってな」

苦笑いして肩を竦めると、男はゆっくりと立ち上がった。征十郎ほどではないが、上背がある。

「まずは、その封書とやらを渡せ。先生がおまえに会うかどうかは、それから訊《き》いてきてやる」

「手ずから渡す、って言ってるじゃない。頭《あつたま》、悪いわね」

苛立《いらだ》たしげに、小夜が吐き捨てる。

ふたたび男は彼女に視線を向けるが、そこには警戒心だけではない明らかな敵意があった。

「混じりものが、過ぎた口を叩くなよ」

「尻尾も生えてないのに、偉そうにしないでくれるかしら」

男を見上げる小夜の指先に、力が入っていた。いまにも飛びかかり、彼の顔面を短冊にしかねない様子だ。

「その女性に手を出すのは止《や》めといたほうがいいよ、忠弥《ちゆうや》さん」

そこへかけられた気の抜けた声が、膨れ上がっていた緊張感に水を差す。

玄関脇に現れたのは、背の低い男だった。帯刀はしていない。用心棒らしき男とは違って丁寧に月代《さかやき》を剃《そ》り、髷《まげ》を結っていた。

「口を出すな、半兵衛《はんべえ》」

男は不機嫌に言ったが、彼――半兵衛は、それを気にした様子もない。にこやかに、一礼する。

「わたしは金井《かない》半兵衛、そちらの人が丸橋《まるばし》忠弥です」彼はそう名乗ると、征十郎と小夜に視線を向けた。「カガリの須佐《すさ》征十郎さんと、小夜さんですね」

「知り合いか」

槍を持つ男――丸橋忠弥に訊かれて、半兵衛は首を横に振る。「だけど、裏の世界じゃ有名人ですよ。危険人物としてね」

「失礼ね」

憤然として小夜が抗議の声を上げると、半兵衛は少し困り顔で愛想笑いを浮かべた。

「まあ、わたしもそう聞いただけですから。もちろん、そうでないことを祈りますが」

「何度も言うが、俺たちはやむを得ない事情で使いっ走りをしてるだけだ。ちゃんとあんたらの先生に封書を届けたら、とっとと出て行くよ」

征十郎は、穏やかな態度を崩さない。

ただ、その視線が時折、忠弥が手にした瓢簞型の酒器に向けられていることに、小夜は気づいていた。

しかし今回は、それを手厳しく糾弾しない。

むしろその顔には、呑んでも構わない、といわんばかりの表情があった。

「うーん、困りましたね」

眉を八の字にして考え込む半兵衛だったが、忠弥はもっと単純《シンプル》だった。

「危険だというのなら、追い返そう」彼は手にしていた槍の穂先を、征十郎の胸もとへ向ける。

「いや、待って、待ってくださいよ、忠弥さん」

それを慌てて、半兵衛が制止した。「外は駄目です。同心が飛んできますよ。殺《や》るにしたって、一旦は中に引き入れないと」

「――正直にもほどがあるぞ」

さすがに征十郎が呆《あき》れた声で言ったが、彼はごまかすどころか照れ笑いを浮かべた。

「いやあ、昔からそう言われるんですよ。正直者は馬鹿を見るぞ、って」

「馬鹿じゃなくて、痛いほうを見せてやろうかしら」

小夜の低い声音に半兵衛の笑顔が凍りつき、彼は慌てて忠弥の後ろに隠れる。そしてその後ろから手だけを伸ばし、玄関を指さした。

「ささ、どうぞお入りになってください」

彼の指摘をもっともだと思ったのか、歩き出した征十郎を忠弥は止めようとはしない。

引き戸を開くと、そこにもふたりの男が控えていた。いずれも、刀で武装している。彼らは征十郎たちを目にすると、緊張を孕《はら》んだ動きで奥へと続く通路の前に立ちはだかった。

腕に覚えがありそうなのは、その面構えからも伝わってくる。

「先生のお客さんだ」

だが、半兵衛の一言で彼らは左右に退くと一礼した。

なぜか、小夜が小さく舌打ちする。

「行儀が悪いぞ」

「凄《すご》く嫌な感じ」

彼女は、鼻面に皺《しわ》を寄せて威嚇するかのように低く呻いた。「妖《あやかし》の気配がするわ。それも、たくさん」

「封印はしてるようだけど、それでも漏れ出るぐらい、ってことよ」

「野放しか」

征十郎はふうむ、と呻き、「場所の当たりはつくか」と囁《ささや》いた。

「うん」

小夜は、確信をもって頷《うなず》く。

「ちょっと見てみるか」

その提案に、彼女は楽しげに双眸を煌《きら》めかせた。

「先導してくれ」の声に、猛然と走り出す。

「あ、ちょっと！」

ふたりが突然、長屋の中を駆け出したので、半兵衛はうろたえた。忠弥はすでにあとを追っていて、彼も慌ててそれに続く。

小夜は、長屋の奥深くを目指した。途中、塾生らしき男たちとすれ違ったが、誰もが驚いて道を譲り、あるいは押しのけられて転倒する。

転倒した者は、続く征十郎に踏みつけられて悲鳴を上げた。

小夜が辿《たど》り着いたのは、日のあまり当たらない奥まったところにある一室だ。

「ここ」

小夜の言葉に、征十郎は頷いた。襖《ふすま》に、手をかける。

「そ、そこは違いますよ！」

後ろから、半兵衛の叫び声が聞こえてきたが、征十郎は構わずに開けてしまう。

八畳ほどの、客間らしき部屋だ。

そこに、大量の木箱が並べられている。

木箱にはお札が貼られているが、部屋の空気は澱《よど》み、心なしか暗く感じられた。

そして誰もいないのに、声が聞こえる。大勢が、声を潜めて囁きあっているような声だ。

「こいつは酷《ひど》い」

そう言って顔を顰《しか》める征十郎の、その肩を、槍の穂先が軽く叩いた。

「困るね、お客さん。勝手に入られちゃ」

「随分ため込んだな」

警告というよりも脅しに近い忠弥の言葉を、征十郎は無視した。「危険分子が、妖か」

「わたしの実家は刀剣商でしてね」

遅れて追いついた半兵衛は、荒い息をつきながら、それでも笑顔を見せた。「各地の曰《いわ》くつきを収集してるんですよ」

「なんのために？」

小夜《さよ》の声音は険悪だ。半兵衛は、笑顔をわずかに引き攣《つ》らせる。

「もちろん、好事家に売り払うためですよ。私塾の運営にはお金がかかりますからね」

「あんたのその槍も？」

小夜の鋭い爪が、征十郎《せいじゆうろう》の肩に当てられたままの穂先を指した。忠弥は目の下を少しだけ痙攣《けいれん》させたが、声に出してはなにも言わない。

彼のその顔をじっと見据えていた小夜は、「黙ってればわからないとでも思ってる？」そう吐き捨てたが、それ以上、追及はしなかった。

ただ一言、

「ここは燃やそう」

力強く、そう宣言した。

火は、もっとも知られた浄化方法だ。

征十郎は頭を掻《か》きながら、「まあ、それが一番か」仕方なさそうに同意する。「これだけ一所《ひとところ》に集めてると、もうこの長屋自体が憑《つ》かれてるようなもんだしな」

「いやいや、なに言ってるんですか、おふたりとも」

不穏な会話に、半兵衛は顔を青くする。「用件が済めばすぐに出て行くって言ったじゃないですか」

「――確かに、そうだな」

征十郎は、肩に置かれたままだった穂先を指先で払いのけると、その部屋に背を向けた。

「先生とやらに会いに行こうか」

あまりにもあっさりと退いたので、半兵衛だけでなく忠弥も拍子抜けした様子だった。

小夜もまた、彼の判断に文句はつけない。

「ほら、早くしなさいよ」

そして、当惑したままの半兵衛と忠弥の背中を突き飛ばす。忠弥は彼女を睨《にら》みつけたが、半兵衛に宥《なだ》められて黙ったまま歩き出した。

彼らは改めて、大きな長屋の中庭に面した一室へとふたりを案内する。

「先生、来客です」

襖の前で、半兵衛が膝を突いて声をかける。「カガリの須佐殿と小夜殿です」

「うん」

襖越しの返答は、穏やかで中性的な声だった。「会おう」

その言葉を聞くと、半兵衛が静かに襖を開く。

まず、匂いが征十郎の鼻孔を刺激した。甘酸っぱい香りだ。

「ようこそ、張孔堂《ちょうこうどう》へ」

部屋はそれほど広くはなかったが、美しく剪定《せんてい》された中庭の眺めは実に見事だった。

彼は部屋の中央で座椅子に座り、だらしなく脇息《きょうそく》にもたれかかって煙管《きせる》を咥《くわ》えている。

先生、と呼ばれていたので年配の男を想像していたが、随分と若い。

二十代後半ぐらいだろうか。蘇芳《すおう》色の小袖姿だ。髪を長く伸ばしたその風貌は、危険分子というよりも老舗呉服店の若旦那、といったほうがとおりがいいだろう。

「カガリの方《かた》が、しがない学者になんのご用かな」

「用があるのは俺じゃない」

征十郎が小袖のふところに手を入れると、その肘を槍《やり》の石突きが速やかに押さえた。

「お届け物を出すだけだよ」

そう言ってゆっくりと引き出された指先は、確かに封書を挟んでいた。忠弥は無言で、槍を引く。

「すまないね、こんなわたしでも、案じてくれているんだ」

「なあに、子供に袖を引かれて怒る大人なんていないさ」

進み出て、座ったままの正雪《しょうせつ》に封書を渡す征十郎の背後で、忠弥が頬を歪《ゆが》めた。

「中身をざっと確認するから、待っていてくれるかな」

細い指先で封書を開く正雪に、征十郎は頷く。小夜のいる位置まで下がったところで、彼女が強《こわ》ばった顔で正雪を見据えていることに気がついた。

「どうした？」

いくぶん声を抑えて確認すると、彼女は無言で指差した。

鋭い指先は正雪を飛び越えて、その背後、床の間にある刀掛けを指している。

黒い漆塗りの鞘《さや》に納められた、刀が飾られていた。

「妖よ」

彼女はそう言ったが、先ほど見た大量の妖と比べて、その刀からはなにも感じられない。

だからこそ、征十郎の表情が厳しくなった。

人間の邪《よこしま》な欲望や負の感情を浴び、悪霊に憑かれて妖となった道具は、しかしそれでも神の一種であることに変わりはない。

禍津神《まがつかみ》がそうであるように、悪神もまた、神なのだ。

神だからこそ、神格がある。

格が高くなれば当然、道具としての能力も高まっていく。武器であれば殺傷能力が上がり、所有者の身体能力をも桁外れに向上させた。

そうなれば、妖としての気配が濃くなり、特殊な能力や感覚のない一般人にも影響を及ぼすのだが、それがある境界を超えると消失してしまい、強力な妖もただの道具と見分けがつかなくなる。

そのため、そうと知らずに妖の所有者となり、心身ともに支配されることも珍しい話ではなかった。

「知らないってことはなかろうが、教えてやるか？」

「どうしようかしらね」

小夜は、曖昧な態度だった。正雪の出方次第、といったところだろう。

「――なるほど」

その正雪は、封書の中身を確認すると静かに頷いた。「須佐《すさ》殿、小夜殿、ご足労ありがとうございました」そして、目礼する。

「こっちの事情だし構わんよ」

征十郎は肩を竦《すく》めると、踵《きびす》を返した。「とはいえ、いろいろとやることの多い身でね。失礼させてもらうよ」

「それは申し訳なかった」

正雪は、そう言っただけだ。

その響きからなにかを汲《く》み取ったのか、忠弥《ちゅうや》が静かに動いて征十郎の前に立ちはだかる。槍の穂先を向けはしないが、明らかに出て行こうとする動きを阻んでいた。

「まだなにかあるのか？」

征十郎は、悠然とした態度を変えない。小夜は特に動かず、彼らの動向をじっと観察していた。

「少し、協力していただきたいことがあるのだが」

「ほう」

興味があるのかないのか、判断に困るような征十郎の返答だった。「なんだい、言ってみなよ」

「この封書の中身、ご存じかな？」

正雪は、煙管をゆっくりと吸い込んだ。

「読んでもいいとは言われたが、封は破れてなかっただろう？」

「中身は、契約書のようなものだ」

煙と一緒に、言葉をゆっくりと吐き出していく。「わたしにとって、あの会社との取引は非常に重要でね」

「間怠《まだる》っこしい」

沈黙していた小夜が、吐き捨てるように呟《つぶや》いた。「協力してほしいっていうなら、さっさと本題に入りなさいよ」

「無礼な」

忠弥が気色《けしき》ばむが、それを正雪の切れ長の目が押し止《とど》める。その一瞥《いちべつ》だけで、巨軀《きょく》の男がたちまち萎縮して押し黙った。

「失礼」

正雪は、小夜を見やる。「職業柄、筋道を立てて話すのが癖になっていてね」

「それで？」

小夜に促された正雪は、先ほどまで読んでいた封書の中身を差し出した。「これ以上、あなたがたの気分を害してしまうのも本意ではない。読んでいただこう」

小夜は、征十郎を横目にした。

彼は頷《うなず》き、背負っていた大太刀の下緒《さげお》を解《ほど》く。

忠弥がそれに反応して一歩、前へ進み出たが、大太刀は鞘から抜かれることなく小夜の手元に移動した。長大な刀を、小夜は軽々と抱きかかえる。

続いて、腰に差していた大小を腰帯から引き抜くと正雪の目の前に腰を下ろし、切っ先を後ろにして身体《からだ》の右側に並べた。

それを見た忠弥は、やや安堵《あんど》したように元の位置に戻る。

差し出された便箋を、征十郎は受け取って目を通した。小夜は、肩口からのぞき込む。

「――なるほど」

それほど長い文面ではない。読み終わった便箋をもう一度、正雪へ手渡しながら、征十郎は背中に張りつくようにしていた小夜へ目を向けた。

「どう思う」

「どうもこうもないわね」

小夜は、侮蔑の眼差《まなざ》しで正雪を睨《ね》めつけた。「こんなくっだらないことに、手を貸すわけないでしょうが」

「まあ、そうだな」

断固として拒否する勢いの小夜とは違い、征十郎は落ち着き払っていた。

その様子に、正雪が小首を傾《かし》げる。

「驚かないようだね」

「驚いてるさ」

征十郎は、にやりと笑う。「まさか、伊豆守《いずのかみ》がねえ」

外国の企業に日本国内での神狩りを許可し得る立場となると、幕府内でも限られてくる。

その点、老中首座、松平《まつだいら》伊豆守信綱《のぶつな》であれば申し分ない。

三代将軍家光《いえみつ》に仕え、彼から直々に現将軍家綱《いえつな》の補佐を頼まれた幕府の重鎮だ。

その彼が、東印度《インド》会社と手を結び、神狩り容認の見返りとして得たものとはなにか。

「それに、あんたらが取って代わろうってのか」

そして、正雪たちはなにを望むのか。

彼は、薄《うっす》らと笑った。

「政府転覆に、手を貸さないか」

その言葉が発せられた途端、背後で忠弥と半兵衛《はんべえ》が息を呑《の》んだ。

由井《ゆい》正雪が、自らを危険分子と名乗ったのも同然である。

しかしその緊張感は、征十郎には伝播《でんぱ》しない。

「正直、興味ないな」

欠伸《あくび》でもしかねない、退屈そうな口調だった。「おまえら如《ごと》きでひっくり返せる世の中とも、思えんが」
「わたしたち如きでも、それが可能になる」
正雪の声には、確信があった。
征十郎《せいじゅうろう》は改めて、眼前の男を観察した。
物騒な連中をまとめ上げているにしては、やはり線が細い。煙管を握る指先を見ても、
おそらくは一度たりとも刀を振るったことなどないように思える。
そしてその煙管に詰められているのは、刻み煙草《たばこ》ではない。
部屋に立ちこめる独特の甘酸っぱい香り――阿芙蓉《アヘン》だ。

彼の確信は、麻薬の作用による高揚感、多幸感、全能感による妄想だろうか。

切れ長の目の奥で静かに燃える双眸《そうぼう》は、果たして、目の前の現実を見据えているのか。

「だがそれも、伊豆守を亡き者とできればの話だ」

正雪は、足下に置いた便箋に指を突きつける。「こちらが、取引に値する存在であることを示せ、とそういうことらしい」

「そうか、まあがんばれ」

適当に相槌《あいづち》を打つ征十郎を、正雪は、その内心を推し量るかの如く凝視する。

その視線は数秒、続いた。

彼はつと、その鋭い眼差しを征十郎の後ろへ向ける。

「お客さまに、お茶を」

「――こ、これは失礼を」

慌てて言ったのは、半兵衛だ。固唾を呑んで見守っていた彼は、一目散に廊下を走っていく。

「どうも、無骨者ばかりで」

正雪は、微笑《ほほえ》む。

「なに、お互いさまだ」

その揶揄《やゆ》するような響きに、大太刀を抱えたままの小夜《さよ》がじろりと睨《にら》みつける。

「ときに須佐殿、あなたは伊豆守と親しいそうだね」

「そこなんだよな」

否定も肯定もせず、征十郎は天井を見上げた。「いったいどこからって話だ、これは」

「縁《えにし》、というやつでは？」

正雪は、学者であるにもかかわらずそんなことを口にした。「ことの始まりから終わりまで、人の思うがままに進めることなど不可能だ」

「まあな」頷き、「そんなのは、神さまにだってできやしない」征十郎は苦い顔で呟く。

その表情を目にした正雪は怪訝《けげん》な顔をしたが、そこに小夜の不機嫌な声が割り込んでくる。

「縁なんて言葉でごまかすんじゃないわよ」

彼女の声は静かだが、苛烈な怒りを孕《はら》んでいた。「政府転覆《てんぷくう》？」小馬鹿にして、鼻を鳴らす。「そんなくだらないこと、阿呆《あほう》なお友だちと勝手にやってなさいな。それで勝手に、野垂れ死ねばいい」

そう言い放ち、小さく息を吐いた。

夕焼け色の瞳が、冷え冷えと輝く。

「でも、そのくだらない遊びに巻き込もうっていうのなら、勝手には死なせてやらないわよ」

その言葉の持つ意志の強さが、忠弥の身体を衝《つ》き動かした。

彼本人も、わけがわからぬままに槍《やり》を構え、数歩、踏み出している。

正雪《しょうせつ》は素早く、それを押し止めるために手を挙げた。

「ご忠告、痛み入る」

正雪はそう言って、阿芙蓉の煙を深々と吸い込んだ。「だが、そうもいかないんだ」

「政府転覆なんて大層なことを企《たくら》んでるのに――」

征十郎は、諭すように言った。「老中のひとりやふたり、やれないでどうする」

「耳に痛い話だが」

正雪は、微苦笑する。「伊豆守の側《そば》に彼がいる以上、どうにもならん」

「十兵衛《じゅうべえ》か」

征十郎が口にした名前に、正雪は少し困ったような顔で口の端を歪《ゆが》めた。

「あいつがいては、闇討ちは不可能だ。かといって数を頼みにしたところで通用するかどうかもわからん上に、こちらの計画がその時点で露見する危険性がある。手詰まりだ」

「なら、諦めて真面目に勉学に勤《いそ》しむんだな」

征十郎の口調は、極めて真摯だった。

だから応える正雪の、その眼差しも真剣だった。

「須佐殿、あなたなら伊豆守に警戒されずに近づくことができる。あなたにしか頼めないのだ」

「あのおっさんが警戒しない、ってことはないけどな」

征十郎がそう言ったところで、半兵衛がお茶を運んできた。

「お口に合うかどうか」

慣れない手つきで湯呑《ゆの》みを手渡そうとする半兵衛に、征十郎はにやりと笑った。

「気にするな。毒でも入ってなきゃなんでも同じだ」

「――ご冗談を」

半兵衛の手の中で、湯飲みに満たされた茶の表面が微《かす》かに揺れた。

「そもそも、だ」

征十郎は、湯呑みを受け取った手の指で正雪を指した。「どうして、俺があんたの革命に手を貸すと思った？」

「禍津神《まがつかみ》は、人の負の感情より生み出されるもの」

正雪は、静かに言った。

「カガリならば、太平の世よりも乱世を望むかと」

「残念ながら、平和は大好きだな」

朗らかに笑う征十郎を、正雪は暗い眼差しで見据えた。

阿芙蓉の煙を、ゆっくりと吸い込む。

「このまま徳川《とくがわ》の世が続けば、あなたも廃業だ」

「残念ながら、そうはならない」

湯呑みの中に視線を落としながら、征十郎は首を横に振った。「あんたがなにをしようがしまいが、いずれ徳川の世は終わる。戦はなくならない。禍津神もまた、地に満ちる」

呟くように言葉を連ね、それから少し皮肉げに口の端を歪めた。

「あんたのやろうとしていることに意味がない、なんてことはない。なにかが少しは変わるだろう。だが、ほんの少しだ。命をかけてまでやるようなことじゃない」

「では、牙を抜かれた狼《おおかみ》たちはどうする？」

正雪はわずかに、前のめりになった。「生きる場所を奪われた武人《もののふ》は、兵《つわもの》は、ただ時代の変遷に呑み込まれるのを了承しろと？」

「しろよ。戦うより、田畑を耕すほうが世のため人のためになる」

正雪が、咥《くわ》えた煙管《きせる》の吸い口を噛《か》んだ。

「彼らの悔恨や憤懣《ふんまん》はどうなる」

「それこそ」

征十郎の穏やかな表情には、皮肉と憐憫《れんびん》があった。「禍津神にでも喰《く》わせてやれ」

「――なるほど」

阿芙蓉の吐息を吐きながら、正雪は目を閉じた。

征十郎の言葉を吟味しているかのようだ。

次に切れ長の目を開いたとき、浮かんでいたのは微笑だった。

「言葉を尽くした、とは言いがたいが」諦観したのか、彼の表情はどこか晴れやかだった。

「どうやら、同じ道は歩めないようだね」

「狭い道を、むりやり一緒に行く必要はないさ」

にやりと笑った征十郎は、湯呑みのお茶を喉に流し込む。

半兵衛の喉が、微かに鳴った。

「――うまいな」

湯呑みから口を離した征十郎は、半兵衛に向かって笑いかけた。「菫《トリカブト》の茶か。確かに、口に合うやつはなかなかいないだろうな」

「……！」

菫は、有毒植物の一種だ。経口摂取すれば、数十秒で死に至る猛毒である。それを茶と一緒に飲んで平然としている征十郎を、半兵衛は愕然《がくぜん》と見つめていた。

「やはりあなたも、〝神喰らい〟ですか」

正雪は、まったく動じていない。客を毒殺しようとした人間の態度ではなかった。

征十郎は、苦笑いを浮かべる。

「まあ、そこまで話したなら黙って帰すわけにはいかないだろうが、それにしても茶を運ばせるのがちょっと早くなかったか」

「昔から、人の相を見るのが得意でね」

彼は、脇息《きょうそく》を軽く指先で叩《たた》いた。「ここ最近は、心の機微も感じ取れるようになった」

脇息を叩いていた指先を、今度は自分のこめかみへ移動させる。「たとえ一晩、口説いても、あなたはわたしの意思に賛同することはないだろう。それがわかったのなら、言葉を尽くす意味がない」

「ここ最近、ってのは、そこの刀を手に入れてからじゃないのか」

征十郎が視線で指したのは、床の間の刀だ。「妖《あやかし》は、所有者に憑《つ》く。〝妖憑き〟だ」

「あなたそのままだと、魂まで喰われちゃうわよ」

小夜がそう言ったのは、正雪の身を案じたからではない。

人間の魂を喰らい尽くした妖は、妖魔へと変じる。妖魔とは、人格と知性を獲得し、強力な神通力を操る災厄だ。

ただ存在するだけの、自然災害に近い禍津神と違って、妖魔は明確な意思と意図を持って人間を襲う。

幕府も、これを未然に防ぎ、あるいは発生した妖魔を討伐する機関を設置しているが、その体制が万全とは言い切れない。

強力な妖魔が出現したときは、カガリもその討伐に協力することがあった。

だが、どれだけ危険を説こうとも、それに魅入られる者たちがいる。

「あれは徳川殺しの〝村正〟――わたしにふさわしい一振りだとは思わないか？」

背後の刀を一瞥《いちべつ》してそう嘯《うそぶ》く彼もまた、そのひとりか。その言葉には妖への恐れはなく、強い力への渇望だけがあった。

小夜は、小さく溜息《ためいき》をつく。

「お馬鹿さんねえ」

この侮辱に、忠弥《ちゆうや》が彼女へ詰め寄ろうとしたが、その鼻先に大太刀の鐺《こじり》が突きつけられる。大の大人でもひとりでは振り回せないような巨大な刀を、彼女は片手一本で操ってみせた。

「妖魔になっちゃったら、あんたのご大層なお題目なんて綺麗《きれい》さっぱり忘れちゃうのよ。それが望みなの？」

「より強い魂があれば、妖を逆に喰うことすら可能だ」

正雪は、確信をもって言い放つ。「妖を喰らった人間を、おまえたちはいったいなんと称するかな」

「その自信の根拠が、ホープとの取引なんだろうが」

征十郎《せいじゅうろう》は、ごく自然に立ち上がった。「さすがに、〝妖憑き〟を放置してはおけんな」

あまりに自然だったため、その手が打刀を抜き放つまで忠弥の反応が遅れる。

刀を抜くと同時に正雪へと踏み込み、一気に振り下ろした。

その刃が座椅子を真っ二つに切断したところで、忠弥が槍の穂先を撃ち込んでくる。背中から、肺を刺し貫く軌道だ。

征十郎は、躱《かわ》さない。

座した状態から、人間離れした反応で跳躍した正雪を追って前進する。彼は背後の床の間に着地し、刀掛けの刀――村正に手を伸ばしていた。

風が唸《うな》り、打撲《ふく》音が響く。

音は、忠弥の脹ら脛《はぎ》からだ。

小夜《さよ》が大太刀を振り回し、彼の足を払った。衝撃で身体《からだ》が宙に浮き、征十郎を狙っていた穂先が跳ね上がる。

小夜はそのまま身体を回転させ、空中にいる忠弥を打ち据えるべく大太刀を振りかぶった。

地に足がついていなければ、体勢を整えることはできない。

だが、忠弥には槍があった。

その石突きで畳を打ち、小夜から大きく距離を取る。着地と同時に膝をついたのは、最初の打撃で脹ら脛の筋肉が潰されていたからだ。

畳を撓《たわ》ませて突進する征十郎は、学者とは思えない速度で刀を引き抜く正雪を捉えていた。

引き抜いた瞬間、刀身が打ち震える。

それは暗い喜び——歓喜の声だ。肉を喰らい血を啜《すす》る、邪《よこしま》なる欲望の発露だった。

半兵衛《はんべえ》は、前置きもなく始まった大立ち回りに腰を抜かしたようにへたり込んでいたが、露《あら》わになった村正の刀身を目にして悲鳴を上げる。

その声を背に、征十郎の刺突が正雪の心臓へと撃ち込まれた。

村正は、これをすくい上げる。

振り上げられた刀身は、直進してくる刀身と削りあいながら噛み合い、切っ先が等しく天を向いた。

征十郎の足が、すぐさま撥《は》ねた。

まともに食らえば内臓破裂は必至のその蹴りを、正雪《しょうせつ》は跳躍して躱す。

そして、落ちてこない。

両足と背中がぴたりと天井に張りつき、そのまま蜘蛛《くも》の如《ごと》く移動する。

征十郎は蹴り足をそのまま床の間の壁に激突させ、一気に後ろへ跳躍した。そして身体を反転させ、着地で体勢を崩していた忠弥へと襲いかかる。

跳んだのは、小夜だ。

畳が捲《めく》れ上がるほどの蹴り足が、弾丸の如き速度を生み出す。

鞘《さや》に納められたままの大太刀が、彼女の身体ごと天井を這《は》う正雪へと激突した。

鐺が、彼の腹部を抉《えぐ》る。

そして彼の胴を突き抜けた衝撃が、天井を大きく陥没させた。

部屋が、揺れる。

正雪の喉が、腹から迸《ほとばし》ってきた鮮血を吐き出すと同時に、天井が弾《はじ》け飛んだ。

屋根裏へと飛び込んでいくふたりを頭上に、征十郎は忠弥のふところへと飛び込んでいる。槍《やり》を相手にした場合、距離を取られると分が悪い。

破裂した天井から大量の木片と埃《ほこり》が降りそそぐ中、打刀を忠弥の首筋めがけて横薙《よこな》ぎにする。

生じたのは、肉と骨を断つ音ではない。

三つに分かれた十字型の穂先が、刃を捉えて頸部《けいぶ》の切断を阻んでいた。

彼の手は、槍の柄を極端に短く握っている。突進してくる征十郎を見て、咄嗟《とっさ》に握り替えたのだろう。

征十郎はそのまま力任せに振り切ろうとしたが、忠弥は槍の穂先でその動きを見事に逸《そ》らした。そして逆に、石突きに近いほうの柄で殴打を繰り出してくる。

こめかみを狙った一撃を、征十郎は身を低くして回避した。頭頂部すれすれを駆け抜けていく木製の柄は、しかし十分に頭蓋を砕く破壊力を秘めている。

そのままふところにもぐり込もうとした征十郎は、廊下から聞こえてくる複数の足音に舌打ちした。

荒々しく襖《ふすま》が開き、男たちが部屋へ飛び込んでくる。

おそらくは、毒入りのお茶を用意している段階で半兵衛から指示があったのだろう。彼らは無言で、征十郎へ襲いかかった。

刀を大上段に構えて踏み込んできた男に対し、征十郎は素早く転身して踏み込んでいく。

その俊敏さに、背中から切りかかろうとしていた男は、些《いささ》か慌てて刀を振り下ろした。

その手首を、征十郎の手が下から摑《つか》んだ。

両手の斬撃を片手で受け止められ、男がぎょっとする間もなくその身体は後ろへ押し込まれる。男に続いて部屋に飛び込んできた別のひとりにぶつかり、そのままふたり一緒に転倒した。

そこへ、征十郎は打刀を突き込んだ。

切っ先はひとりめの肺を貫通し、背中へ抜けてふたりめの胸へ突き刺さる。心臓を貫いた刀身を手首の返しで回転させ、傷口を押し広げた。断末魔の苦鳴が、重なる。

それを引き抜くよりも先に、忠弥の槍が突き込まれてきた。小夜に打たれた脹ら脛の痛手などなかったかのような、苛烈な踏み込みだ。征十郎は打刀から手を離しつつ、身を捩《よじ》る。穂先を躱しつつ、柄を脇に挟み込んだ。そして両手で引き込むようにして、穂先の軌道を変える。

その先には、小刀を構えた若者がいた。

彼は、背中から自分へ突撃してくる征十郎に対し、反応できない。

穂先は彼の鳩尾《みぞおち》に突き立ち、内臓を抉った。征十郎の背中に激突したとき、穂先は彼の身体を飛び出している。

忠弥の喉が、憤激に震えた。

踏ん張り、槍を手元にたぐり寄せる。若者の身体から槍が引き抜かれて、彼の身体はよろめきながら襖に激突した。そのまま襖ごと転倒し、動かなくなる。

征十郎は、槍を手放していた。忠弥の、槍を引き寄せる動きに呼応して前進する。駆け抜けざまに、打刀の柄《つか》を握った。

人間ふたりを貫いた刀を一気に引き抜き、血で弧を描きながら忠弥へと叩きつける。

彼は槍を撥ね上げ、その穂先で打刀を弾き返した。と同時に踏み込み、突き込んでくる。

それを後ろに跳んで躱した征十郎に、上背のある巨漢が襲いかかった。肩口から、勢いよく突撃してくる。征十郎の着地に合わせた、絶妙の時機《タイミング》だ。

さらにそこへ、忠弥が穂先を送り込んでくる。鋭い一撃だった。征十郎は打刀で槍を捌《さば》きながら、巨漢に対して低い姿勢で間合いを詰める。

巨漢の肩は空を切り、征十郎の肩が男の腹部を痛打した。

そしてそのまま、身体を起こす勢いで巨漢を放り投げる。彼は悲鳴を上げながら、仲間をふたりほど押し潰すようにして叩きつけられた。骨の折れる音が、肉の重みに潰されていく。

「半兵衛！」

忠弥は、戦闘に加わらない半兵衛を怒鳴りつけた。「打てぇ！」

この声に、征十郎の意識の幾何《いくばく》かが半兵衛に割かれる。飛び道具か、と警戒したのだ。

そしてその隙を、忠弥は見過ごさない。

彼の双眸《そうぼう》が、赤く輝いていた。

突き込まれる穂先の、空気の膜を破る音が衝撃波となって迸る。

征十郎は、咄嗟に横手へ転がるようにして躱した。躱したが、その身体を大音響《ソニックブーム》が打ち据える。

畳の上で弾む征十郎を、忠弥の追撃が襲った。

突き下ろされる槍頭は、胴を狙う。激しく横回転する征十郎の目には、その刺突とは別に、半兵衛の行動が映り込んでいた。

彼は小袖の内側から、注射器を取り出している。肌に強く押しつければ、中の薬液が圧縮空気で撃ち込まれる型《タイプ》だ。

打て、とは注射のことだったのか。

だが、中身は?

それを確認する暇《いとま》はない。

征十郎は自ら、回転を加速させた。

畳の上を転がりながら、立て続けに突き込まれる穂先を間一髪で躱していく。抉られた藺草《いぐさ》が、血飛沫《ちしぶき》の如く舞った。

その耳朶《じだ》を打ったのは、獣のような唸り声だ。

回転する視界の中で、半兵衛が蹲《うずくま》っている。小刻みに震えているその身体の奥から、荒々しく凶暴な音が漏れ出ていた。

その直上で、天井が大きく撓《たわ》む。

木材の軋《きし》みはすぐに乾いた破裂音へと変わり、半兵衛の唸り声を掻《か》き消していった。

亀裂が、走る。それは部屋を超え、廊下へと延びた。

それが爆《は》ぜ割れると、ばらばらになった天井とともに、小夜と正雪、そして武装した男たちが落下してきた。

頭上の部屋が、まるごと崩落する。剝がれ落ちた壁や天井の破片、折れた柱が、倒れていた男たちを直撃し、大量の粉塵《ふんじん》に呑《の》み込まれていった。

視界を遮られた征十郎は、しかし、畳を踏みしめる音で敵の接近を感知する。素早く立ち上がったが、相手のほうがわずかに早い。

そこへ、粉塵を突き破ってなにかが飛来した。

鞘に入ったままの、大太刀だ。

轟《ごう》、と唸りを上げて回転する大太刀の狙いは、正確だった。いまにも征十郎へ襲いかかろうとしていた忠弥《ちゆうや》へ、吸い込まれていく。

彼はためらわずに、飛び退《すさ》った。巨大な質量を槍で受けるのを、嫌がったのだろう。空を切る大太刀はそのまま壁に激突し、これを打ち砕いて突き刺さった。

忠弥の意識が大太刀に向いたその一瞬、征十郎は手にした打刀を投擲《とうてき》する。

彼に対してではない。

半兵衛だ。

刀の切っ先は、いままさに、天井の破片の中で立ち上がろうとしていた彼の胸へと吸い込まれる。刀身は肋骨《ろっこつ》を切断し、肺を斜めに貫通して脊椎を砕いた。

投擲の勢いに彼の身体は吹き飛ばされ、壁に激突する。その身体が倒れないのは、大太刀と同じく打刀もまた壁に突き刺さったからだ。

得物を失った征十郎《せいじゅうろう》へ、下がっていた忠弥がふたたび間合いを詰めようとする。

そこへ割って入ってきたのは、小夜だ。埃で汚れた竜胆《りんどう》の振り袖には、血が滲《にじ》んでいる。

「そいつも、憑《つ》かれ始めてる」

征十郎はそう言い置いて、小夜と入れ替わるように正雪へと向かった。

途中には、置いたままだった脇差しがある。

それが置かれた畳の縁《へり》を、ひときわ強い力で踏み込んだ。

その衝撃で部屋全体が、揺れる。

畳は一気に捲れ上がり、弾みで脇差しが宙を舞う。

正雪の姿は、畳の向こう側に消えた。

征十郎は脇差しを摑むと同時に鞘から引き抜き、眼前に立ちはだかる畳へと一気に斬り込んだ。

畳床《たたみどこ》を切断していく手応えが、半ばほどで止まる。

散ったのは、火花だ。

向こう側からも、刀の切っ先が飛び出している。

畳は両断され、その向こう側から正雪の姿が再び現れた。

ふたりは刀を斬り結んだまま、睨《にら》み合う。

「――いきなり斬りかかるとは、非道が過ぎるな」

先に正雪が、恨み言を口にした。押し出してきた刀が、脇差しの刃を削り取る。

征十郎は、にやりと笑った。

「いきなり毒殺しようとしたやつの台詞《せりふ》じゃあないな」

正雪の刀を斜めに受け流しながら、正雪の体勢を崩そうとする。

「十中八九、死なないと思っていた」

予想以上に、彼の体幹は強い。あるいは、妖《あやかし》の力か。崩れかけた身体《からだ》は直ちに均衡を取り戻し、逆に側面からの圧力を高めてきた。

「それでも、一、二は死ぬだろうが」

征十郎は、あえて正雪をふところに誘い込み、肩口から突撃《チャージ》する。正雪の上背は五尺六寸ほどだ。体格にも、恵まれているわけではない。

単純な力押しで、征十郎に対抗できるはずがなかった。

だが、その細身の身体は征十郎の巨軀《きょく》を受け止める。肉と骨が軋む音が聞こえてくるが、その足は畳の上をわずかに後退しただけだ。

正雪《しょうせつ》は小さく息を吐いたあと、口の端を歪《ゆが》めた。

「死ぬのが怖いと？」

間近で見る彼の双眸は、その奥に、忠弥と同じく赤い光が漂っていた。彼よりもさらに、血のようにあざやかな赤だ。

「怖くないやつがいるか？　阿呆《あほう》が」

そう罵倒した征十郎の耳を、雄叫《おたけ》びが打った。

依然として漂っている粉塵の中から、小太刀を握りしめた男が飛びかかってくる。征十郎は素早く、脇差しの角度と立ち位置を変えた。拮抗《きっこう》している状態の正雪は、その動きに意図しない動きをしいられる。

気づけば、征十郎と仲間に挟まれる形だ。

小太刀の男は罵りながら、踏み止《とど》まる。

だが、さらに横手から別の男が肉迫してきた。その手が握るのは、太刀だ。鋭い踏み込みから、一気に刀身を振り下ろしてきた。

それを受けようとすれば、正雪の刀が自由になる。

太刀か、刀か、いずれかに我が身を晒《さら》すことになるのだ。

征十郎は、一気に全身の力を抜いた。

正雪は抵抗がなくなって前のめりになり、その頭上に太刀の刃が降ってくる。男は慌てて刀を止め、そのせいで体勢を崩した。

完全に背中から倒れ込んだ征十郎は、上にのしかかってくる正雪の腹を蹴りつける。一緒に倒れ込んだ彼は、踏ん張ることができない。頭上高くに吹っ飛んでいく正雪を尻目に、征十郎は脇差しで低い位置を薙《な》ぎ払った。

太刀を握っていた男の、足首を切断する。

悲鳴を上げながら倒れ込んでくるその喉へ、待ち受けていたかの如《ごと》く切っ先を突き込んだ。切断された頸動脈《けいどうみゃく》から迸る血が、気道を駆け上がって喉から噴出する。力が抜けた指先から、太刀がこぼれ落ちた。

そこへ、正雪が落ちてくる。

征十郎は素早く横手へ転がり、正雪が着地するのと同時に跳ね起きた。その手は、太刀を握っている。彼がこちらへ向き直るより早く、それを投擲した。

だが、それが貫いたのは、小太刀の男だ。

庇《かば》った、というわけではない。征十郎に襲いかかろうとして、意図せずにその軌道へ自ら飛び込んでしまったのだ。

太刀が腹に刺さった男はそのまま勢いよく倒れ込み、それを飛び越えて正雪が斬りかかってくる。

横殴りの一撃を、征十郎は避けずに脇差しで受け止めた。

今度は、力比べはしない。

上体ごと、首を後ろに反らす。

その意図に気づいた正雪は刀を引いて後退しようとしたが、征十郎は逃がさない。噛《か》み合った刀を押し込むようにして、前進した。

そして、頭を一気に打ち下ろす。

頭蓋が砕けたような鈍く重い音が、ふたりの額の間で破裂した。

正雪は、さすがによろめく。おそらく、妖により超人的な身体能力を獲得しているのだろうが、脳への損傷《ダメージ》までは防ぎきれなかったらしい。

そこを攻めるべく踏み込んでいった征十郎だったが、なにかが横手から飛びかかってきた。

半兵衛《はんべえ》だ。

胸に打刀が貫通したまま、征十郎の胴へ組みついてくる。

その膂力《りょりょく》は、尋常ではなかった。

正雪よりさらに小柄な彼が、一気に征十郎の巨軀を押し込み、さらには持ち上げる。征十郎は彼の肩口に肘を打ち下ろしたが、びくともしない。

そのまま、障子を突き破って中庭へと飛び出した。

半兵衛は抱え上げた征十郎を、自分の身体ごと地面へ叩《たた》きつける。背中を敷き詰められた砂利で痛打しつつも、征十郎の手は半兵衛の胸から突き出ている打刀の柄《つか》を握った。

同時に彼は、後方へと大きく跳躍する。

身体を貫通していた打刀を征十郎の手の中に残し、中庭に置かれていた庭石の上に着地した。

噴出する血がその岩を濡《ぬ》らすが、その量は瞬く間に少なくなっていく。傷口が、急速に塞がっていた。

「随分と、男前になったな」

征十郎は、目を細めて彼の相貌を見据えた。

人の顔では、ない。

かつて美しい月代《さかやき》のあった頭部には髷《まげ》もなく、灰色の体毛に覆われていた。平たくなった頭頂部の左右に耳が立ち、そこからなだらかに口吻《マズル》へと続いている。

鼻は黒く、その下には鋭い牙の並ぶ大きな口が長い舌をだらりと下げていた。

狼《おおかみ》だ。

あの注射器に入っていた薬液が、普通の人間だった半兵衛を〝獣憑き〟へと変えたのか。

「こいつも異国製かい」

縁側にゆらりと現れた正雪は、額から流れ出た血を袖で押さえながら小さく頷《うなず》いた。

「欧羅巴《ヨーロッパ》の錬金術師とかいう輩《やから》は、珍奇なものを造るものだと思っていたが――」外国人に対する侮蔑の感情を匂わせながらも、低く唸《うな》り声《ごえ》を上げている半兵衛を見やって、彼は肩を竦《すく》めるような動作をする。

「案外、役に立つか」

「あれ、元に戻るのか？」

訊《き》いてみたが、返事はない。

それが、答えだろう。

「仲間は大切にしろよ」

呆《あき》れた表情の征十郎を、正雪は冷ややかに見下ろした。

「わたしたちは、目的のためならば死を恐れない。あなたとは違う」

「そりゃ悪かったな」

征十郎は快活に笑うと、その視線を横に向けた。

壁が、弾《はじ》け飛ぶ。

最初に飛び出したのは、忠弥だ。槍《やり》を構えたまま、後ろを向きながらも見事に庭園へと着地する。

それを追って小夜《さよ》が、壁の破片を纏《まと》いつつ肉食獣のように跳躍した。

だが、その身体が着地するより早く、空中にいるその瞬間を狙って半兵衛が飛び出している。

大きく開かれた獣の顎《あぎと》は、彼女の首筋を狙う。

不意を突かれた形の小夜だったが、彼女は素早く反応した。近づいてくる半兵衛の下顎を、下から拳で突き上げる。

彼の顔が、半分に圧縮されたように見えた。

上下の顎が破砕し、打ち合った牙が砕け散る。彼の身体は空中で仰《の》け反《ぞ》り、そのまま墜落するはずだったが、その指先は小夜の袖口を引っかけていた。

ふたりの身体はもつれ合いながら地面に激突し、小夜は激しく罵り声を漏らす。

征十郎《せいじゅうろう》は、彼女が落下するより早く飛び出していた。

半兵衛に呼応して小夜へ向かおうとしていた忠弥《ちゅうや》へと、肉薄する。砂利を蹴立てて襲いかかる征十郎に対し、忠弥は俊敏に反応した。

小夜へと向けられていた爪先を素早く移動させ、突っ込んでくる征十郎へ苛烈な突きを放つ。

衝撃波を伴う、超音速の穂先だ。

征十郎は、突き進む。

強い踏み込みとともに、左手に握った脇差しで槍頭を打ち払った。激しい金属の悲鳴は、空気の壁を破った大音響に呑《の》み込まれる。

それは、征十郎の身体をも打ち据えた。

だが、踏み止《とど》まる。

草鞋《わらじ》が砂利の上を滑るが、その下の地面を抉《えぐ》りながら身体を支えた。軌道をずらされた穂先は、征十郎の肩口を削り取って駆け抜けている。

音の壁に殴られた征十郎は、耳朶《じだ》と鼻孔から血を滴らせながら前進した。

忠弥は、突き出した槍を横薙《よこな》ぎにする。十字型の槍頭が、踏み込んでくる征十郎の頭部へと弧を描いた。

征十郎は、そこからさらに加速する。

忠弥の表情に、驚愕《きょうがく》が混じった。

低い姿勢で突っ込んでいった征十郎は、駆け抜けざまに右手の打刀を振り抜く。

刃は、忠弥の胴を撫《な》で斬った。

そしてすぐさま急制動をかけると、身体を旋回させる。

忠弥は胴を断ち切られてもなお、征十郎へ反撃すべく向き直ったところだった。

その喉が、ぱっくりと口を開く。

振り切っていたのは、脇差しだ。

忠弥は咄嗟《とっさ》に掌《てのひら》で傷口を塞ぐが、その指の隙間からも鮮血が迸る。

「先──」

声は、血で濁っていた。

ゆっくりと、その身体《からだ》が崩れ落ちていく。彼は槍を手放して倒れる身体を支えようとしたが、叶《かな》わない。血とともに力を失った腕は身体を支えきれず、彼はそのまま前のめりに倒れ込んだ。

喉と胴から流れ出る血が、白い砂利を染めていく。

怒号は、半兵衛の狼の喉から迸った。

彼は、小夜の追撃を躱《かわ》して灯籠の上に飛び乗ったところだ。大きく見開かれた狼の目は、息絶えた忠弥を映している。どうやら、仲間の死を理解できる知性は残っているらしい。

「あんたもすぐ、あとを追うのよ」

無慈悲な小夜の言葉に、半兵衛は牙を剝《む》いて威嚇する。

彼女は、白い砂利の上を軽やかに疾走した。

「あんたも、ここでくたばるかい」

征十郎は、縁側の正雪に問う。

彼もまた、半兵衛と同じく倒れた忠弥を凝視していた。

だがその表情に、怒りや悲しみはない。

そしてそのことに、本人が戸惑っているようだった。

「おかしいな」

彼は、独りごちる。

「なにが」

征十郎がそれを拾い上げると、正雪《しょうせつ》は不思議がるように首を傾《かし》げた。

「悲しくない。そんなはずはないのに」

「そりゃ阿芙蓉《アヘン》の吸い過ぎだ、と言いたいところだが――」

征十郎は、血に濡れた脇差しで、正雪の握る刀を指した。「妖《あやかし》に、喰《く》われてるんだよ。妖魔になるってのは、そういうことだ」

「――そうか」

彼は、特に驚きもしなかった。得心がいった、とさえいえる顔をしていた。「謀られた、というわけだな」彼は、空いた手で自分の腹を撫でる。言葉とは裏腹に、落胆した様子はない。

征十郎は、自然な足取りで彼に近づいていく。

「妖を喰う、ってやつか」

「ああ」

正雪は静かに頷き、微苦笑を浮かべた。「だがどうやら、喰われているのはわたしのほうらしい」

「より強い魂ってのは、なんだ」

間合いの一歩外で立ち止まった征十郎は、脇差しを強く振るって血糊《ちのり》を飛ばすと鞘《さや》に納めた。「腹になにを入れた」

「模造品さ」

正雪は、自嘲の表情を浮かべる。「神の模造、魂の模造だよ、カガリ」

「――懲りないやつらだな」

辟易《へきえき》した様子の征十郎は、幾分、同情的といえないこともない顔をする。

「わざわざ、連中の人体実験に協力しなくてもよかろうに」

「そうでもしなければ」

忸怩《じくじ》たる思いがあるのか、正雪は恥じ入るように俯《うつむ》いた。「幕府は倒せない」

「そうかね」

征十郎は、否定も肯定もしない。

「だが、なぜそうまでして、武士でもないあんたが彼らに肩入れするんだ」

ただ、問いかける。

答えは、ない。

正雪はただ、自分の胸に手を当てた。

「なぜ……?」

途方に暮れたように、呟《つぶや》く。

「喰われたな」

征十郎は、憐《あわ》れむように言った。「義に由《よ》ってか、利に由ってか――それすら忘れてしまって、なにを成そうってんだ？」

またしても、答えはない。

顔を顰《しか》め、村正を握る手が大きく震えた。

「妖魔に成り果てたなら、それすらもどうでもよくなる」

征十郎は、正雪の間合いへと踏み込んだ。「だからもうおまえは、ここでくたばったほうがいい」

「たとえ、覚えていなくても」

囁《ささや》くように、正雪は言った。

「それは確かにあった。あったんだ……」

「そうだろうな」

征十郎は、優しく肯定した。

そして刀を、彼の肩口へと雷撃の如《ごと》く打ち下ろす。

肉を断つ音より早く聞こえてきたのは、風を貫く音だ。

その音が鼓膜に触れた途端、征十郎の足は砂利を蹴立てて巨軀《きよく》を跳躍させている。

それでも、間に合わない。

横手に転がるようにして回避行動を取った征十郎の、その右腕の肉を削り取っていた。

矢だ。

後方より飛来した矢の一撃は、征十郎を掠《かす》めてわずかに軌道を変え、縁側に突き刺さる。

その打撃力を、縁側の木材は受け止められなかった。

爆砕し、捲《めく》れ上がって四散する。

その破片に身体を打ち据えられながら跳ね起きた征十郎は、すぐさま身を捩《よじ》った。その脇腹を抉る一矢は血飛沫《ちしぶき》を浴びながら地に突き立ち、砂利を飛礫《つぶて》のように撒《ま》き散らす。

罵声とともに、巨軀は縁側を飛び超えて室内へと転がり込んだ。

その軌跡を、矢が追尾する。

畳を抉る鏃《やじり》は、藺草《いぐさ》を撒き散らし畳そのものを衝撃で弾ませた。

足下で浮かび上がる畳に追われる征十郎は、壁に突き刺さったままだった大太刀へ手を伸ばす。

その動きを、射手は見抜いていた。

彼の手の甲を、鉄の鏃が射貫《いぬ》く。

それを征十郎は、予期していた。

だから矢の勢いに引き摺《ず》られながらも、逆の手を素早く伸ばし、大太刀の柄《つか》を握る。

壁から引き抜き、身体を回転させながらそれを身体の前へ盾のように掲げた。それがあと一秒も遅かったなら、立て続けに飛来した三本の矢がその身体を貫いていただろう。

「与一《よいち》！」

怒号は、小夜《さよ》のものだ。「なんのつもり!?」

彼女の手には、半兵衛《はんべえ》の首が握られていた。むりやり引き千切ったものだ。その血の滴る頭部を、中庭に生えた松の木へ力任せに投擲《とうてき》する。

半兵衛の頭は太い幹に激突し、果実の如く爆《は》ぜ割れた。肉と骨、血と脳漿《のうしょう》が美しい庭園の一角に生臭さとともに散らばる。

「なんのつもり、だと？」

松の木からの声は、不快感を露《あら》わにしていた。

「俺のつもりが、おまえたちに関係あるのか」

音もなく枝から飛び降りた与一は、まだ弓に矢を番《つが》えていた。その狙いは、小夜に向けられている。

小夜は、牙を剥いて威嚇した。

「――そうね、確かに関係ないわ」

「いやいや、仲良くしろよ、おまえら」

大太刀を肩に担いだ征十郎が、悠然とした足取りで正雪の傍らに並び立つ。「長い付き合いじゃないか。そうだろ？」そう言いながら、矢が貫通した掌を正雪に向ける。

「ちょっと、これ抜いてくれないか」

そう頼まれた正雪は、いったいなにを思っただろう。

口もとがわずかに歪《ゆが》んだのは、笑いだったろうか。

彼は村正を手に提げたまま、空いた手で矢の胴体に当たる篦《の》を無造作に摑《つか》んだ。

そして、乱暴かつ無造作に引き抜いた。

傷口からは、血が噴出する。「痛っ」征十郎は頬を歪め、熱いものにでも触れたかのように手を振った。血が飛び散るが、その量は瞬く間に少なくなっていく。

「ありがとよ」

礼を言う征十郎を、正雪は双眸《そうぼう》を細めて眺めた。

「いったい、どれほどの神を喰らえば――」正雪の声には、羨望の響きが微《かす》かにあった。

「それほどの異能を授かることができるんだ」

「大げさだな」

手を閉じたり開いたりして感触を確かめながら、征十郎はその問いかけには応えず、睨《にら》み合ったままの小夜と与一のほうへ目を向けた。

「与一は、あんたが引き入れたのか」

「利害が一致したのでな」

正雪の返答に征十郎は、「面倒なことをしてくれて」と呟きながら縁側より中庭へと降りていく。

「おまえら本当に仲悪いな」

溜息《ためいき》まじりに、呟く。

近づいていくと、与一の狙いが征十郎《せいじゅうろう》に移動する。

「止まれ」

「止まった」

征十郎は言葉どおりに足を止めると、小夜にも目線で動くなと伝える。彼女は不満そうな顔をしたが、ひとまずは了承の代わりに小さく顎を引いた。

征十郎は、自分に向けられた鋭い鏃越しに、与一の目をひたと見据える。

「おまえの目的は、禍魂《まがたま》の模造品だな」

そう言うと、与一の肩がぴくりと震えた。彼は、包帯の隙間からのぞく双眸を炯々《けいけい》と輝かせた。

「模造品じゃない」

与一は、渇望を言葉にした。「毒のない、禍魂だ。わかるか、征十郎？　毒がないんだ」

「詳しくは知らんが」

征十郎は、眉根を寄せた。「そんなに都合のいいもんが、この世にあるものかね」

「――おまえには、わからんさ」

与一の声は、熱に浮かされたように掠れている。「生きながら身体《からだ》が腐り落ちることの、苦痛と屈辱は」

「そこはおまえも、承知していたはずだ」

征十郎は、落ち着き払っていた。「それでも神を狩り続ける、と決めただろう？」

「おまえにはわからん、と言ったはずだ」

弦を引く、軋《きし》むような音はまさしく彼の心情のように響いた。「普通の人間にとっての、四百年にも及ぶ苦痛はな」

「俺も、割と普通の人間だぞ」

言外に人外と指摘された征十郎は、少し傷ついたような顔をする。

だが、与一の弓は、緩まない。

小夜は全身の筋肉を撓《たわ》ませ、まさしく弓に番《つが》えられた矢の如くその時機を計っていた。

誰が、最初に動くか。

「やめよう」

言ったのは、征十郎だ。

「同業で殺し合いなんて、馬鹿馬鹿しい」

そして振り返り、正雪《しょうせつ》を見据えた。「おまえらもだ。全員死ぬまで、こんなことを繰り返すのか？　時間の無駄だ」

辟易した様子なのは、正雪の背後から、武装した男たちがまたぞろ現れたからだ。

「わたしたちは死を恐れない」

正雪は、ゆっくりと手を挙げた。「だが、死に場所はここではない」彼はその手を小さく揺らしてから下ろす。それが合図だったのか、男たちは無言で踵《きびす》を返した。屋敷の奥へと、消えていく。

「おまえは駄目だぞ、正雪」

征十郎は、赤光を放つ大太刀を正雪に向ける。「〝妖憑《あやかしつ》き〟は、野放しにはできない。妖魔になる前に、叩《たた》く」

妖魔、という単語に、与一がわずかに双眸を細めた。

彼とても、その危険さは承知しているはずだ。その瞳が、確かめるように正雪を睨《ね》めつける。

正雪は、征十郎の言葉を否定しない。

ただ静かに、笑う。

「ならば、同業で殺し合ってもらうしかないね」

「与一――」

征十郎が、ふたたび与一に声をかけようとしたそのときだった。

轟音《ごうおん》が、大気を震わせる。

足下の砂利が、小刻みに跳ねた。

爆発だ。

屋敷の二階部分が、赤い炎を噴き出しながら木《こ》っ端《ぱ》微塵《みじん》になる。征十郎たちは爆風に押されて後退し、降りそそぐ破片と火の粉に罵った。

連続する。

広い屋敷の至る所で爆薬が破裂し、火炎と黒煙がぶつかり合う衝撃波でのたうち回った。前後左右から押し寄せる爆風は征十郎の身体を打ち据え、押し倒す。荒れ狂う炎が全身を炙《あぶ》り、飛来する木片や煉瓦《れんが》が雨あられと降りそそいだ。

「楽しもうじゃないか、須佐《すさ》征十郎」

爆発で生じた轟音のせいで、征十郎の鼓膜は完全に麻痺《まひ》していた。

そこへその声は、するりともぐり込んでくる。

「楽しんでこその人生だ。わたしは、魂の衝動に従うとするよ」

彼は、そう言って身をひるがえした。燃え上がる屋敷の中へ、悠然と向かう。

「待て――」

征十郎は飛び起きると、すぐさま駆け出した。小夜も、それに続く。

その足下へ、矢が次々に飛来する。踏み出す足を狙った精密な射撃に、征十郎は体勢を崩した。一本は、深々と脹《ふく》ら脛《はぎ》に突き刺さっている。小夜は前進よりも大きく飛び退《すさ》ることを選択し、振り返った。

激昂《げきこう》したその双眸には、しかし与一の姿は映らない。征十郎を狙撃した直後に、この場から素早く立ち去っていたからだ。

征十郎は、足に突き立った矢を一息に引き抜くと、すでに見えなくなった正雪の背中を追う。

中庭から、縁側へと駆け上った。

その身体を、高熱の爆風が襲う。

正雪の部屋に、最後の爆弾が仕掛けられていた。床下からの衝撃で畳が燃え上がりながら跳ね上がり、征十郎の巨軀《きょく》をも吹き飛ばす。宙を舞って、砂利の上に叩きつけられた。

至近距離での爆発は、素早く起き上がることを許さない。征十郎は呻《うめ》きながらなんとか上体を起こしたが、もはやどこにも正雪の姿はなかった。

あるのはただ、炎と黒煙だけだ。

「してやられたわね」

小夜は、無造作に征十郎の襟首を摑んで持ち上げる。「次に会ったら、容赦なくぶちのめしてやる」

聞こえてくるのは、牙と牙がこすれ合う歯嚙《はが》みの音だ。

相当、頭にきているらしい。

「猫みたいに持つなよ」

征十郎が抗議の声を上げると、彼女はいきなり手を離した。顔から砂利に突っ込んだ征十郎は、小さく悪態をつく。

小夜《さよ》は、じろりと彼を睨めつけた。

「だからその好奇心が、こうなった原因でしょうが」

「悪かったたって。そんなに睨むなよ」

小袖に降りかかる火の粉を払いながら、征十郎は億劫《おっくう》そうに立ち上がる。漂ってきた黒煙に顔を顰《しか》めたあと、激しく咳《せ》き込んだ。

「まあとりあえず、脱出するか」

「ちょっと炙られて、反省したほうがいいんじゃないの」

溜飲《りゅういん》が下がらない小夜は、苛立《いらだ》たしげにそんなことを言って足下に落ちていた瓦礫《がれき》を足蹴にする。

「おまえと違って、炙られたら焦げるんだよ」

征十郎は、中庭にあった池へ向かう。正雪たちが屋敷をほぼ完全に爆破していったので、中庭から脱出するためには炎の中を突っ切っていくしかない。そのために、池の水で全身を濡《ぬ》らそうというのだ。

「七面倒くさいわね」

歩き出した征十郎の襟首を、後ろから小夜がひっ摑む。彼女はすでに、空中に浮いていた。

「あれ」

征十郎が、小夜を見上げた。「おまえ、俺を持ってちゃ浮かない、って前に言ってなかったっけ」

「言ったわよ」

小夜は、頷《うなず》いた。「あんたが重すぎるからね」

「じゃあこれ、どうするんだ？」

自分を摑んでいる小夜の手を指さす征十郎に、彼女はにやりと笑いかけた。

「こうするのよ」

そう言うや否や、渾身《こんしん》の力で征十郎の身体を投擲《とうてき》した。

やや、低い。

一階部分は越えていったものの、征十郎の身体は二階の壁に激突し、これを粉砕した。

燃え上がる部屋の中へ飛び込んでいき、充満した黒煙を突き破っていく。

その勢いは衰えず、炎に包まれている反対側の壁まで到達した。

木っ端微塵になる外壁が、まるで花火のように四散する。

激しく回転しながら外へ飛び出した征十郎は、そのまま通りを挟んだ向こう側にある庭木にぶつかった。

枝を折り、葉を散らせながら落下していく。

その家の住人は、間近で爆発があったため、縁側に出て呆然《ぼうぜん》とその様子を眺めていたところだった。

自分の庭に落ちてきた大男に、上品な老婦人は驚きのあまり声もなくその場にへたり込んだ。

立ち上がり、脱出の際に小袖についた火種を枝や葉っぱと一緒に払いながら、征十郎は彼女に一礼する。

「相棒が、ちょっとばかり乱暴な上に加減知らずでね。驚かせて申しわけない」

「助けてもらっといて、その言い草はなによ」

頭上から、不機嫌な声が降ってきた。庭木の枝に、小夜が逆さまにぶら下がっている。

「もう一回、あっちに投げてあげましょうか?」

その姿を見た老婦人は、細い悲鳴を上げながら家の中へ倒《こ》けつ転《まろ》びつ逃げていく。

「不用意に人を怖がらせるな」

そそくさとその場を立ち去る征十郎の後ろで、地面に降り立った小夜が舌を出す。

通りに出てみると、おっとり刀で駆けつけた同心や火消し、そして大勢の野次馬でごった返していた。爆発のせいで破片と一緒に火種も飛び散っており、周りの家々からも火の手が上がり始めている。

だがその騒動のおかげで、征十郎《せいじゅうろう》と小夜は見咎《みとが》められずにその場から立ち去ることができた。

「燃やす手間が省けた、って言いたいところだけど」

現場から遠ざかりながら、小夜が言った。「あの館にあった妖、けっこうな数を持ち出されちゃったみたいね」

「やっぱり、そうだよな」

おそらくは、征十郎たちが正雪と戦っている間に――あるいは、それよりも前に――ひっそりと、妖となった武器を持ちだしていたのだろう。

「まったく、厄介なことになったもんだ」

そうぼやく征十郎を、小夜は鼻で笑う。

「自業自得じゃない」

彼女は、肩を竦《すく》めた。「ま、あっちも人生は楽しむ主義らしいし、仲良くやんなさいよ」

「人生なら、大歓迎なんだけどな」

征十郎は、苦笑いを浮かべる。どこか、哀《かな》しそうにも見えた。その顔を横目で見た小夜は、頬を歪《ゆが》める。

「なら、終わらせるしかないわね」

彼女は、少し怒ったように語気を強くした。「そうでしょ」

「――そうだったな」

征十郎は表情を柔らかくして、小夜の頭に掌《てのひら》を乗せる。口調は穏やかで、しかし、静かな決意に満ちていた。

「一緒に、やるか」

「うん」

小夜は、嬉《うれ》しそうに笑った。

絶戦
加速

CHARACTER

KAGARI

CHARACTER

フィーア

KAGARI

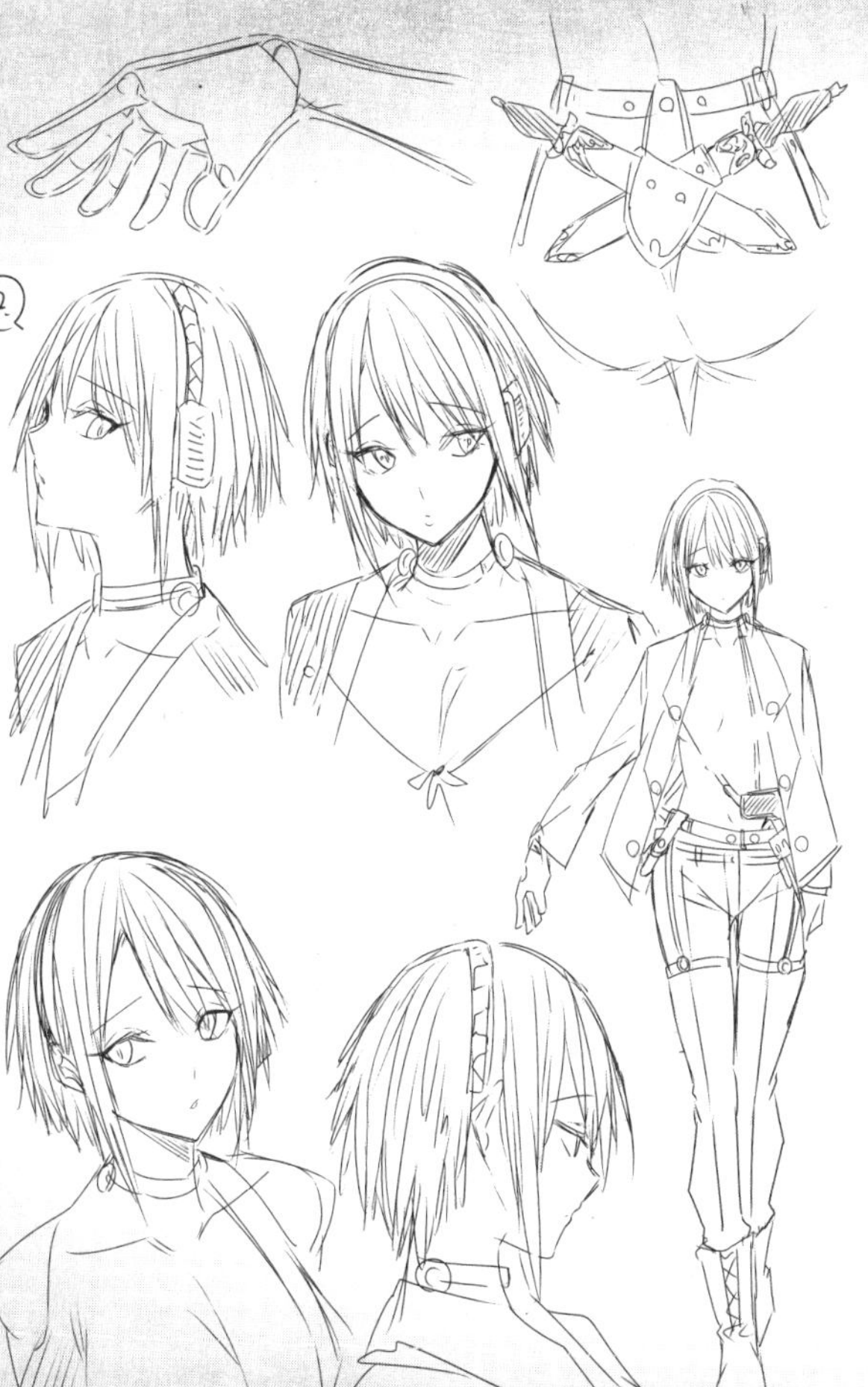

CHARACTER

小夜

KAGARI

あとがき

初めましての方も、お久しぶりの方も、お買い上げありがとうございます。

如何《いかが》でしたか？　楽しんでいただけたでしょうか？

この物語を最初に考えたのは、もう何年も前になります。そのときは残念ながら、形になりませんでした。それをいま、こうして一冊の本として皆さんにお届けできる喜びを、この文章を書きながら噛《か》み締めています。

僕はアクションシーンを軸に話を転がしていくのですが、今回は担当編集者さんの助言でアクションを削り、キャラクター同士の掛け合いを増やしました。増やしたはずです。そんな気がします。これまで僕の小説を読んだことのある人なら、わかるでしょうか。鉤《かぎ》括弧《かっこ》、増えてません？　増えてるといいなあ。

増えたといえば、ページ数も増えてしまいました。最初はちゃんと一冊で終わるはずだったんですが、上下巻に分冊です。おかしい。プロットからアクションを削ったので、増えるはずないんですよ。

じゃあなんで増えたの？ってなりますよね。

めっちゃキャラクターが喋《しゃべ》ってる？　それだと当初の目的にかなってるので大変よろし

いのですが、残念ながらそうではなさそうです。

実は、プロットになかったアクションが増えてるんですよね。削った分、増えてるんですよ。

どういうこと？

打ち合わせとは、なんだったのか？

これが、本能なのか……？

などと言ったところで、べつに格好良くもなく、関係者各位に迷惑をかけまくったわけです。ごめんなさい。

そういった具合で、来月発売の下巻は大半が戦闘シーンになっちゃってます。上巻で物足りなかった人は嬉々《きき》として、もうお腹《なか》いっぱいの人は少し小腹を空《す》かせてから手に取ってもらえたら、と思います。

最後になりましたが、神狩の世界を美麗な筆で表現していただいたｋａｋａｏさんに、最大限の感謝を。ありがとうございました。今後とも、よろしくお願いします。

安井健太郎

作品のご感想、
ファンレターをお待ちしています

あて先
〒141-0031
東京都品川区西五反田 8-1-5 五反田光和ビル4階
オーバーラップ文庫編集部
「安井健太郎」先生係／「kakao」先生係

OVERLAP

神狩 1〈上〉
絶戦穢土異聞

発　行　2021年12月25日　初版第一刷発行

著　者　安井健太郎
発行者　永田勝治
発行所　株式会社オーバーラップ
〒141-0031　東京都品川区西五反田8-1-5
校正・DTP　株式会社鷗来堂
印刷・製本　大日本印刷株式会社

Printed in Japan　ISBN 978-4-8240-0061-3 C0193

オーバーラップ　カスタマーサポート
電話：03-6219-0850／受付時間 10:00～18:00（土日祝日をのぞく）

オーバーラップ文庫
RAGNAROK Re
ラグナロク:Re
[バトルファンタジーの金字塔。ここにリビルド]
ここは“闇の種族《ダーク・ワン》”の蠢く世界。ある時、私とともに旅をするフリーランスの傭兵リロイ・シュヴァルツァーの元に、とある仕事の依頼が持ち込まれる。だがそれは、暗殺ギルド“深紅の絶望”による罠だった。人ならざる怪物や暗殺者たちが次々と我が相棒に襲いかかる。——そういえば自己紹介がまだだったな。私の名はラグナロク。リロイが腰に差している剣、それが私だ。
著 安井健太郎 イラスト 巖本英利
シリーズ好評発売中!!